# 中国梦·西部情

本书编委会◎编著

时代出版传媒股份有限公司
安徽文艺出版社

**图书在版编目（ＣＩＰ）数据**

中国梦·西部情/本书编委会编著. —合肥：安徽文艺出版社，2015.1（2022.7重印）

ISBN 978-7-5396-5252-8

Ⅰ．①中… Ⅱ．①本… Ⅲ．①散文集－中国－当代 Ⅳ．①I267

中国版本图书馆 CIP 数据核字(2014)第 296656 号

出 版 人：姚　巍　　　　　　策　　划：朱寒冬　　刘　哲
责任编辑：宋潇婧　　王婧婧　　装帧设计：张诚鑫

········································································

出版发行：安徽文艺出版社　www.awpub.com
地　　址：合肥市翡翠路 1118 号　　邮政编码：230071
营 销 部：(0551)63533889
印　　制：山东百润本色印刷有限公司　　(0635)3962683

········································································

开本：700×1000　1/16　印张：10　字数：180 千字
版次：2015 年 1 月第 1 版
印次：2022 年 7 月第 2 次印刷
定价：68.00 元

········································································

# 本书编委会

主　任：静瑞彬
副主任：贾　峰　侯宝森　李　红　林清发　李国阳
编　委：朱寒冬　刘　哲　徐庆群　韦　亚　张楚瑶
　　　　宋潇婧　王婧婧　周　丽

# 目 录
## contents

# 写在前面

　　西部,中国版图上神奇的土地;西部,历史上沟通东西方文明的桥梁。那里有无际的高原、美丽的雪山、广阔的草原、茫茫的戈壁……

　　中国西部地区自古就是对外交通要道,那里自然资源丰富,市场潜力大,战略位置重要。但由于自然、历史、社会等原因,西部地区经济发展相对落后,迫切需要加快改革开放和现代化建设的步伐。

　　自 2000 年开始,中国实施西部大开发政策,着力提高西部地区的经济和社会发展水平。如今,西部大开发正处于加速发展阶段。《中国梦·西部情》按照时间顺序,以人物剪影的形式浓缩了十几年来中国西部建设的光辉历程与巨大成就,从基础建设、生态保护、民生建设、科技发展、医疗服务、民间艺术等方面讲述了各行各业为中国西部开发所付出的艰辛与努力,完整而立体地再现了十几年来东、西部人民在实现西部地区经济快速发展、生态环境明显改善、人民生活水平显著提高过程中的壮丽篇章和感人故事。

　　来自五湖四海的建设者在西部这片热土上,筚路蓝缕,用自己的双手,靠自己的奋斗,以心血、汗水、勤劳和智慧编织起中国梦:涩北油气田开发者、天山公路筑路人、青藏铁路建设者展示了为西部基础设施建设而挑战生理极限、突破技术难关的伟大壮举;西海固支教队、"绿色江河"民间环保组织,以他们的毅力克服生存条件的恶劣,将爱心播撒在广袤的西部大地上;生态作家钟平、野生动物保护者张宇、环保应急工作者龚宇,为西部的生态安全和可持续发展而不懈努力;支医志愿者王一硕、大学生村官周毅、投身家乡建设的叶尔包勒·托留根、科技工作者陈晏杰、文化工作者李媛、扎根木垒的许晓艳和民间剪纸艺术家景钢,把自己的花样年华、青春热血奉献给了西部的基层群众,使西部人民的医疗、科技、文化、公共服务不断完善……

　　西部开发和建设是一组雄浑的史诗,比起建设者们的爱心、意志、拼搏、血汗,任何语言都显得苍白。我们唯有用这一篇篇文章,从一个个侧面去感受那些投身西部的建设者轰轰烈烈的人生,用文字为他们的中国梦、西部情唱一曲由衷的赞歌。

本书编委会

2014年12月

# 涩北油气田开发者：
## 柴达木盆地上的明珠

涩北，原本是个在地图上连名称都很难找到的地方，它位于柴达木盆地的腹地，今日的涩北，一号、二号、台南三个气田犹如三颗璀璨的明珠镶嵌在三湖周围，熠熠生辉。一个不毛之地数十年后变成了全国第四大气田——作为一个崭新的现代化高原气田展现在世人面前。谁知晓这其中多少故事，多少艰辛。

### 石油人在青海

人们印象中的柴达木盆地，除了无边无际的沙漠、戈壁就是铺陈在沙漠之上的芒硝层，而青藏高原的地壳运动使得柴达木盆地变为了"聚宝盆"。在石油人眼中，柴达木盆地有着丰富宝贵的资源——石油和天然气。

近半个世纪以来，在柴达木盆地流传着这样一个段子，说它是"天上无飞鸟，地上不长草，风吹石头跑，氧气吃不饱"。然而，就在这个看起来几乎没法生存的土地上，青海的石油人从未停止过勘探、开发、油田建设等一系列工作。

据探索，这片土地蕴藏着 46.5 亿吨当量的油气资源。1955 年，为了探寻中国是否有石油，来自地质部的专家带领一支年轻的地质队伍，深入祖国大西北柴达木盆地进行石油普查工作。当时的条件比现在差多了，经济落后，既没有工业，也没有农业支撑，甚至连畜牧业也非常不发达，可想而知，地质工作更是薄弱，在很多地方都属于空白。

从 1955 年起，青海的石油人义无反顾地踏进"聚宝盆"，面对着风暴、沙尘的恶劣天气，完成了一个个举世瞩目的工程，他们架起了磕头机，铺起了输油管道，扎根在海拔最高的油田——在祖国西部建成了我国的重要能源基地。

柴达木盆地

在青海油田的历史上，1959年2月20日是个异乎寻常的日子，这一天，柴达木盆地第一批原油向外运输，它们被浩浩荡荡地运往玉门。

油罐车在柴达木盆地行驶。

从那以后，犹如长龙一般的油罐车队成了柴达木盆地的一道风景，在茫茫戈壁滩上，石油人正在谱写历史，在输油管道还未建成的年代，他们费尽千辛万苦，将深入大地采来的石油，一车一车运往祖国各地。

## 第一次走进涩北

提起石油，人们首先想到的一定是大庆油田、渤海油田这些地处中国东北部的油田。其实中国的石油勘探最先始于西部，柴达木盆地除有丰富的石油资源外，还有丰富的天然气，含气区在盆地东部，以涩北、盐湖和台南构造为主。涩北是柴达木盆地的盐泽地，去涩北的路上，满目望去，能够看到的就是盐碱戈壁，铺路的原料看似是松软的土块，其实很硬，它就是盐碱土。

涩北气田作为青海油田的主力气田，位于柴达木盆地东部台吉乃尔湖、涩聂湖、达布逊湖三湖地区，天然气资源量达到 1 万亿立方米，含气面积 122 平方公里，目前探明的天然气地质储量 2000 亿立方米。现在我们能如此清晰地描绘出柴达木盆地油气资源的分布，探明天然气和石油的地下储量，但在这份数据背后，流淌着多少石油人的心血和汗水。

1957 年 10 月，当 3278 钻井队在涩北钻井时，忽然从井中喷出大火。原来是钻机遇到地层裂缝，引燃了其中的天然气。燃烧的火焰在茫茫大漠中，如希望之光，这预示着他们发现了涩北一号气田，使柴达木跻身中国第四大气田。

但由于国家当时侧重找油，暂时放弃了开发气田。

20 世纪 70 年代中期，由于青海冷湖油田原油产量不断递减，以及勘探难度日益增大等多方面的问题，挖掘石油的工作重心不得不

涩北的第一口气井

涩北二号气田

由西部转移到东部。

按照石油化学工业部和青海省政府"进一步查清天然气储量"的指示精神,青海石油管理局决定深入挖掘青海的天然气资源,组织了涩北天然气会战,抽调钻井队,重新展开对涩北地区天然气的勘探。从此开始了青海油田开发天然气的新里程。

1975年,1270钻井队在涩北二号构造钻探涩中1井、涩中2井,都发现了工业气流,涩北二号气田从此揭开了神秘面纱。

其后,1270队又上钻涩北一号构造,钻探了涩中4井。到了1977年,由于在柴达木盆地西部发现了大规模的油田,涩北气田的勘探工作又暂时处于停滞状态。

当石油开发已达到顶峰状态时,人们的目光就又重新投向西部

天然气的开发促使柴达木盆地的天然气资源优势转化成经济优势。

广袤的旷野。

## 再探涩北

国家"七五"期间,随着格尔木炼油厂的建成投产,青海以"三个翻番"为阶段性目标的油田二次开发大幕徐徐拉开,国家石油工业局决策者们抓住机遇,高瞻远瞩,决定实施战略转移,逐步将青海油田开采转为油气田开发、石油化工综合利用发展的新格局,涩北气田进入试采评价阶段。

1995年,天然气开发公司宣告成立,国家第一次把天然气开发提到油田发展的重要议程。从此,天然气开发公司承担起建设大气田、开发大气田的任务,他们在短短十年间把柴达木盆地的天然气资源优势转化成经济优势。风雨兼程、艰苦拼搏,在一代代石油人的辛苦奉献下,一个高水准、现代化的高原精品气田——涩北气田展现在世人面前。

1996年夏,起始于涩北气田的"涩格"管道建成投产,涩北第一条输气管道的建成标志着涩北的天然气第一次管输外运,涩北气田开发进入实质性的阶段。

时隔两年,天然气公司和油田勘探研究、钻井工程、地面建设等单位建立了密切合作关系,天然气不仅可以通过管道外输,而且他们克服了地理上的困难,建立了"仙敦"输气管道,涩北的天然气第一次翻越当金山走出盆地,敦煌石油基地万名职工家庭告别煤气罐,用上了清洁高效的天然气。"仙敦"输气管道有效工期只有159天,平均每天达3公里,确保了工期不超,比计划提前15天试运行,实现了"四个当年":当年立项,当年设计,当年施工,当年投产。

在庆祝"三个翻番"提前实现的欢歌笑语中,青海油田提出实施"5355"工程的战略目标。其中的一个"5"即年产天然气50亿立方米,"3"指的是探明天然气储量3000亿立方米,这标志着天然气必会顶起青海油田的半壁江山。

## 西气东输

新千年,正值国家西部大开发战略实施,不断迅猛增长的涩北天

涩宁兰刘化门站为地方供气。

然气储量引起了国家的重视,借着国家西部大开发的强势东风,西气东输管道建设的进军号声已经响起。

涩北—西宁—兰州输气管道建设工程正式开工建设,一年后,在青海石油人共同努力下,涩北气田首次向"涩宁兰"管道供气。这一被各方媒体争相报道的西气东输中具有里程碑意义的工程,使得管道沿线周边15个市县区和西宁、兰州两个省会城市上百万人获益,从此他们用上了清洁高效节能的天然气。

涩北油田是目前发现的全世界最大的第四系生物气藏,与此同时,青海油田加大了开发涩北气田的力度,在开发过程中不断克服困难的过程也逐渐形成了独特内涵的开发模式。

## 涩北模式

因为涩北气田产层为第四系泥质粉砂岩储层,泥质含量高,成岩性极差,地层非常疏松,单井产量低,严重限制了气井产能的发挥和产量的提高。在二次创业过程中,青海石油人充分利用新技术、新工艺,加强科研论证,加大科技攻关力度,没有可以借鉴的经验,青海油田敢于迎难而上,挑战疏松储层这一世界级难题。

伴随着防砂技术的迅速发展,青海油田先后开展了管内机械防砂、化学防砂和高压一次充填防砂及纤维复合压裂防砂等工艺试验。2001年以来涩北气田开展提高单井产量试验研究,目前形成了8项成熟的配套技术,在国内和世界上居于领先地位,为涩北气田效益开发提供了有力的技术支撑,使涩北的天然气储量不断攀升,仅"十五"期间就探明储量1428亿立方米。

随着涩北天然气产量持续快速攀升,具有独特内涵的"涩北模式"也焕发出独特的光彩。

## 如今的涩北

经过多年努力,涩北气田的开发已形成了规模生产,集输配套,形成了以青海省格尔木市、甘肃省敦煌市为输气中心,辐射周边地区的规模型输气管网。

天然气开发集团本着安全、可靠、高效、实用的原则,精心组织、协调生产,建成了钻井、测录井、井下作业、管网铺设、集气站、道路建设等众多配套工程一体化的网络体系,使每个环节都处于受控状态,按计划平稳高效有序生产,做到了"干一项工程,树一个品牌"。

涩北成了柴达木盆地上的一颗璀璨的明珠,先后建成集气站 14座、打井 287 口,每一项都是优良工程。目前已建成天然气产能 49.63亿立方米,共生产天然气 116.59 亿立方米。

从第一次发现涩北到二次创业,涩北油气田的大规模开发建设意义重大,不仅给青海油田带来了巨大的经济效益,也为油田化工事业的发展注入了新鲜的活力。

涩北天然气能够走出盆地,进入西宁、兰州,延伸至银川与西气东输大动脉会合, 极大地改善了周边省会城市以及管道沿线地区的能源结构,减轻了大气污染,也拉动了地方经济,造福了当地群众。

# 天山公路筑路人：
## 凝在天山之巅的传说

"天山雪后海风寒，横笛偏吹行路难"，位于中国西北部的天山，群峰插云，地势险要，终年积雪，磅礴逶迤，险峻的地理环境和多变的气候条件阻断了天山南北的交通，使天山地区多年来处于"行路难"的状况。1984年起，一条蜿蜒的公路纵贯天山南北，行驶在这条公路上，一天可以经历四季的风光和气候，两旁巍然屹立的雪山，透出令人惊叹的豪迈与壮美，秀丽雄奇的河谷中，从阔叶林、针叶林到皑皑雪线，色彩分明得让人炫目。然而，在熟悉这条路的人们心中，这是

天山公路

一条用鲜血与生命铺就的通往心灵之路，是镌刻在天山上的永远的丰碑。

## "不可逾越之地"

20世纪70年代，在面积达160万平方公里的新疆，公路通车里程只有不足900公里，且公路等级低、质量差。巍巍天山，绵延1500余里，把新疆分成南北两个部分。往来南疆与北疆的汽车必须得向东绕至乌鲁木齐或向西拐到伊犁河谷，至少需要4天时间。天山腹地的茂密森林、辽阔草原、储量丰富的地下矿藏，得不到充分开发和利用，疆内盛产的棉花、羊绒等物资运不出去，严重积压，只能以运定产。南北疆人民的往来和商旅交往，全靠驼队马帮沿着崎岖的山路艰难攀登，多少年来，新疆各族人民一直盼望着能有一条穿越天山南北的通道，带领他们飞跃高山峻岭、大漠河流。

天山公路的建成通车，使人们多年来的愿望变为现实，使新疆初步形成了一个以天山为轴的纵横交错、四通八达的公路网，缩短了南北疆的行程距离近600公里，对于开发天山资源、通畅经济区域之间的物资交流，促进南北疆的沟通和繁荣，

天山公路

天山公路筑路烈士纪念碑

改善各族人民的物质文化生活,都具有十分重要的意义。

　　天山公路又名独库公路,北起石油新城独山子,南至龟兹古国库车,是国道 217 的重要组成部分。1974 年,中国人民解放军基建工程兵开赴天山深处,历经 10 年修成。天山公路横穿天山中段,途经乌苏、尼勒克、新源、和静、库车等 5 个县市,翻越哈希勒根、玉希莫勒盖、拉尔墩、铁力买提等 4 个海拔 3000 米以上、常年积雪的达坂(意为冰雪簇拥的高山),跨过奎屯河、喀什河、巩乃斯河、巴音郭楞河、库车河等 5 条水流湍急、地势险恶的河流,纵穿我国著名的巴音布鲁克、巩乃斯和乔尔玛大草原。这条公路全长 562 公里,隧道明线 32.3 公里,所经路段自然条件极为恶劣,一半以上自崇山峻岭、深山峡谷中穿过,很多地段是"猿猱欲度愁攀援"的飞绝险境。

在天山公路上有 3 条隧道，分别以 3 座冰山达坂的名字命名："哈希勒根隧道"（意为此路不通），海拔 3400 米，是我国海拔最高的公路隧道；"玉希莫勒盖隧道"（意为黄羊岭）；"和铁力买提隧道"（意为不可逾越），长 1897 米，曾是我国最长的公路隧道。通过这 3 条隧道的名字，人们不难想象它们的险峻程度。

地处天山顶端的玉希莫勒盖隧道，属高纬度、高海拔的严寒地区。隧道要穿越最大积雪厚度 11 米，海拔 3300 米，全长 1943 米的玉希莫勒盖达坂。这里有冰蚀、泥岩、裂隙、冒水等多重情况出现，地质极为复杂，是全线中的"骨头"工程。

修筑这条隧道时正值 7 月，地面气温很高，可隧道里却如冰窖般寒气袭人。战士黄思东是风钻手，刚开始在隧道里使用风钻时，他全身被冲击力震动得像要散架，但他咬牙坚持，一直奋战在严寒的隧道里。遇到渗水，要在棉衣外面套上雨衣，每天收工时，很多战士在如此寒冷的环境中却整件棉袄都被汗水浸湿了。

为了加快工程进度，在隧道施工的官兵用三班倒的方法，没日没夜地连续作战。当时的设备比较简单，战士们用钻孔机、钢钎、铁锤、铁镐、铁锹，一锹一镐地挖，一寸一寸地刨，硬是把近 2000 米的隧道"抠"了出来！

### "人是躺下的路，路是竖起来的碑"

"天山高，天山险，天山横在我面前。天山路，弯又弯，你把我的心事牵。"这是电影《天山行》的插曲，简单的旋律谱出了无数天山筑路人永恒的情怀。天山公路的修建历时 10 年。10 年中，先后有 1 万多名工程兵战士进驻筑路工地。在与世隔绝的天山深处，筑路官兵们与险峻的山石斗，与恶劣的天气斗，与疯狂的风雪斗，与难耐的寂寞斗，以超乎想象的勇气和毅力，开通了进出新疆的3条隧道、2座防雪走廊。

独库公路0—49公里路段，是出名的"卡脖子"工程，该路段由290多道山弯构成，要跨深涧、越冰河、翻达坂。这里气候恶劣，石质破碎，经常出现塌方、雪崩和泥石流，几乎所有的道路灾害在这里都有发生。这段工程的艰巨程度和施工难度，是国际公路建设史上所罕见的。

据参与修路的老兵回忆：在这段路的修建过程中，经历过无数让人深感无奈的地质灾害，塌方和雪崩是最常见的。他们千辛万苦开出来的地段，常常在转眼之间被毁。战友们心疼劳动成果化零，更担心耽误工期，他们经历了许多精神上和身体上的磨难，克服了常人难以想象的困难。

按照施工设计，有一段6公里长的线路要在悬崖绝壁上开凿，这是上接云天下临深涧，连黄羊都难以插脚的极险之地，因为测量人员

筑路官兵在绝壁上进行危险的"飞线"作业。

无法实地测量，只能在图纸上标成"虚线"标识。这段线路被战士们称为"飞线"。

"飞线"属于喀斯特地貌特征的山体，裸露在外的山石被风蚀得支离破碎，有时因一个石块脱落，会带动众多山石滚落造成滑坡，给施工战士带来生命危险。

在一眼望不到尽头的悬崖峭壁上，战士们身系固定在山顶的安全带，像壁虎一样来往于陡峭的山坡上，双手握着比自己还长的钢钎，想方设法排除"浮石"等安全隐患。

当时筑路通常采用风钻打炮眼的方法，但使用风钻需要有能站稳脚的地方，峭壁不具备这样的条件。筑路战士们只能腰缠炸药包，像壁虎一样贴着悬崖峭壁，一手拿凿，一手抢锤，艰难地打眼、放炮，铁锤砸在手上是常有的事情。打一个小小的炮眼，都要付出难以想象的努力。

天山公路有讲不完的故事，天山公路有述不尽的忠魂。

全长562公里的天山公路上，平均每3公里就留下一名筑路人的忠魂。他们当中，有的在悬崖峭壁开路时英勇献身，有的在空气稀薄的冰峰以身殉职，有的在暴风雪中成为永恒的雕塑，有的被突如其来的雪崩吞噬了生命。在位于国道217和省道315交会处的乔尔玛烈士陵园内，一座纪念碑耸立在群山环抱中。纪念碑正面刻着"为独库公路工程献出生命的同志永垂不朽"18个大字，背面是用汉、维吾尔两种文字刻写的碑文和128位烈士的英名。纪念碑立于1984年4月。碑立好后，又有20名筑路人在天山公路隧道工程建设中牺牲。英雄们把年轻的生命，化作天山公路上的铺路石，正如纪念碑的碑文所写：人是躺下的路，路是竖起来的碑。

## 新一代天山筑路人

天山公路防雪走廊

天山公路修建之初，设计施工比较匆忙，许多路段低于四级公路标准。几十年来，由于罕见的地理与气候条件，这条公路出现过积雪、雪崩、水毁、崩塌、泥石流、冻土等几乎所有的公路病害，被公路界称为"公路病害博物馆"。恶劣的自然条件让这条曾经担负着重要的经济、运输和国防任务的公路一度处于交通中断的状态。

自 1983 年道路建成后，国家每年都为天山公路的养护投入专项资金 150 万元，几十年的风霜雪雨，这里的道路病害仍在不断加剧。路途中，经常可以看到泥石流的遗迹，这些从山顶奔腾而下的不速之客时常将道路拦腰截断，给车辆行人带来危险，也给天山公路的养护工作带来极大不便。

2008 年，交通运输部正式下达了天山独库公路改建工程计划。改建后的天山公路项目起点位于克拉玛依市独山子巴音沟，终点位于库如力，全长 398 公里，全线基本在旧路的基础上进行改建整治，采用二级公路标准建设。

2008 年，由基建工程兵转隶而来的武警交通二总队官兵重返天山，对公路进行改扩建。筑路官兵们刚来到位于天山腹地的乔尔玛时，就被眼前的景象惊呆了：5 月时节，内地早已春暖花开，而这里依然千里冰封，银装素裹。从独山子到乔尔玛，100 多公里的老公路多处被雪崩、泥石流阻断，官兵们边修边走，耗时将近1个月才抵达。官兵们因陋就简，在一座废弃的兵站安营扎寨。

来到这里没过几天，耀眼的雪光灼伤了很多战士的视网膜，有的战士还患上了"雪盲症"。更令人难以忍受的是，这里晚上最低气温达零下26摄氏度，南方来的战士们盖上两床棉被还冷得打战。由于地处雪域高原，人烟罕至，生活上也面临诸多困难：饮用水匮乏，雪水虽可解燃眉之急，但缺少人体所需的矿物质；电力供应不上，晚上一片漆黑与寒冷；通讯信号全无，上传下达命令都需要跑上几十公里。

与30年前一样，给筑路官兵带来最大危险与障碍的，还是天山腹地极不寻常的地质环境。很多时候，开凿道路最常用的炸药，在这里也成了"奢侈品"，轻易不能使用。因为一丝轻微的震动，在这里都有可能引起塌方的后果。

"挖掘机、装载机的喇叭都不敢摁，一摁都会掉石头。"战士邓松涛至今说起飞线施工的经历，还惊魂未定，"我们的安全员就死死盯住上面，一有情况就使劲比画，让战友撤退，不能吹哨子，更不敢大声喊。有一次一块小石头砸下来了，正好砸在一位战友头上，钢盔被打出十几米远！""太早不能干！黄羊六七点钟要去山上找泉眼喝水，它们一上去，就会把石头踩碎，就要落石头。"

2010年6月18日，中队长雷云辉正带领战士们清理山坡"浮石"（指山上不稳定、不牢固的石头），以确保路基施工安全。突然，一阵狂风刮过，一块"浮石"从山顶滚落，雷云辉一边大喊"躲开"，一边推开战士，石头呼啸着从两人之间飞过去。一位战士说："那场景，想起来都令人后怕。"

2010年7月中旬一场大雨后，距项目驻地100多米的地方突然发生泥石流，几十万方的泥土沙石在道路上堆了4米多高，300多米长。为了尽快抢通道路，项目部立即组织人员和机械对泥土沙石进行清理，经过两天奋战，终于清除了大半。第三天下午继续清理时，山上突然发出巨大的隆隆声，众人还没反应过来，大队长脸色一变，大声喊道："快跑，泥石流下来了！"所有人立即撤离现场，挖掘机都没来得及熄火，轰鸣的泥石流夹杂着巨大的石头就一泻而下，将没来得及撤出现场的挖掘机埋了一大半。

在海拔3000多米的路段，积雪常年不化，公路只能季节性通车，部队决心攻克这一历史课题。总工程师周军辉带着测绘员、实验员等技术兵，针对海拔高、气温低等特点，精心、反复进行水泥混凝土浇筑试验，最后采取提高混凝土配合比、增强抗压度、悬出露台等多项先进技术确保施工质量，在公路改建中增设了桥梁、涵洞、泥石流棚洞、防雪走廊等，从而基本实现独库公路全年通车，冬天老百姓想要穿越天山再也不是难事了。

重修后的天山公路，从三级路升级为二级路，路面从6米拓宽至7.5米，沿峡谷一侧全部加装了挡墙，一些土质松软、飞石较多的山体，都用巨大的钢丝网给包了起来

在施工中，官兵们先后攻克地基超限沉降、山体滑坡段岩体加固等7个高原施工领域的世界性技术难题，创新了悬出路台、混凝土抗冻融等12项施工工艺，积累了施工数据269组，许多弯道被拉直，里程缩短42公里，保通时间从原来不足4个月到全年不断通。

"改扩建后的天山公路，走得让人放心多了。"奎屯河河道管理员

闫留英在天山毛溜沟待了近 10 年，看着天山公路在筑路官兵手里一天天"长宽、长壮"。闫留英说，以前每次上山，媳妇都一把眼泪，可揪心了。现在，他那口子悬着的心终于可以放下了。

随着时代的变迁，天山公路从山路、石板路、沙石路到柏油路，越变越好，但筑路人、护路人的情感没有变。"天山路，弯又弯，你把我的心事牵。"天山深处的大兵用几代人的青春与汗水浇铸出这条生命之路。今天，当我们行走在这条蜿蜒盘旋的公路上，亲近逶迤磅礴的雪山、秀丽雄奇的巩乃斯河谷，欣赏蔚为神奇的哈希勒根隧道、鬼斧神工的高山防雪走廊，我们仿佛仍然能感受到那一张张年轻、质朴的脸庞，他们的故事沿着这亘古绵长的天山路飘洒，成为一段永凝在天山的传说。

# 生态作家钟平：
## 一个作家的绿色坚守

"夏日的马鬃梁，满目尽是绿色。绿色层层叠叠，林相丰富多彩，山势千姿百态。山体裸露之处，砂岩像红褐色云带，砾岩面上卵石凹凸，苔藓斑斑。远古的河床湖底，经历了远久的年代沉淀积压，能让人触摸到江山千古，沧海桑田。"这是钟平在他的新书《塬上》中的一段描绘。

如今，人们看到的常常是窗外灰蒙蒙的天，想起儿时满天星星的夜空，不禁要问，那些曾经的蓝天白云、青山绿水，到底哪儿去了？

有这么一位作家，20余载，笔耕不辍，致力于生态文学写作，他通过一字一句让我们看到了曾经的青山绿水，更看到了未来的新希望。

他叫钟平。

### 这才是我想要的

出生在陕西煤城铜川的钟平40多岁时从一个"纯文学"领域小

钟平(左)在佛坪自然保护区密林深处。

有名气的作家华丽转身，投入生态文学的创作，看似简单的身份转变，他付出了全部的精力。

　　20世纪80年代初，以乡土文学创作立足文坛的钟平从铜川调入陕西省委办公厅，在当代陕西杂志社从事创作。他忘不了因为要写作一篇文章借机第一次走入秦岭看到的画面，他看到了原生态的森林河流，看到了肆意奔跑的野生动物，那篇《绿色的召唤》完成之后，他越发对生态文学感兴趣。

这之后，他参与了陕西环保部门《好想有个好家园》的采写创作工作，通过对周边居民的采访，他意识到陕西大气、河流的污染存在的实际问题，经过与环保部门人员的深入交流，钟平对污染问题有了更理性的思考。"大地给予所有人的是物质的精华，而最后，它从人们那里得到的回赠，却是这些物质的垃圾。"这是诗人惠特曼描绘的19世纪美国生态环境的状况，而这样的情况在日新月异不断发展的中国也不可避免。他第一反应告诉自己：必须要唤醒人们保护生态环境的意识。

作为一名创作者，他深知自己能做的就是拿起手中的笔不断地写，为绿色家园而写，为环保而写，更为我们的子孙后代能够有一个健康生态的未来而写。使命感召唤着他，他毅然放弃在纯文学创作上已经取得的成就，义无反顾地投身到生态文学创作中。这样的选择无疑需要很大的勇气，但是神圣的社会责任感和浓浓化不开的绿色情怀让他从未想过放弃。

钟平的家乡是一座"卫星看不见的城市"，严重的大气污染，让居住在那儿的居民长期以来身体受到严重侵害。经过深入的调研，钟平在2008年撰写了《蓝天在上》大气污染深度报道，以独特的视角、娓娓道来的文字归纳出"在发展中解决环境问题"的新方法。这篇文章，引起了铜川市委领导的共鸣。耀州区的区书记做出批示，要求班子成员学习这篇文章，统一部署，调整产业结构，花大力气解决多年来的大气污染问题，最终将被扣了多年的"卫星看不见的城市"的帽子彻底摘掉。

这些年来，他陆续创作了《蓝天在上》《渭河回访录》《守望野性的

钟平与时任世界自然基金会总干事的克劳德·马丁在北京"关注秦岭"活动颁奖仪式上。

家园》《绿色回归线》《墨绿无涯》等五十多万字的生态报道和生态文集；历时20多年的考察和调研，厚积薄发，他创作的生态三部曲一经推出，轰动文坛。他一如既往地踏实低调，笑笑说：这就是我所希望看到的，让更多的人加入环保的事业，关注西部的环境问题，关注我们的明天。

## 我就想为秦岭做点事

从钟平决定潜心从事生态文学的创作开始，他数十次考察渭河流域的水文环境，持续关注秦岭的命运。当看到周边工业企业的超标排污导致渭河上游的生态环境严重恶化,森林植被锐减,钟平阵阵揪心;当他看到无休止地开发矿产资源对秦岭天然林保护造成不可挽回的影响时,他再也按捺不住自己的情绪。在他看来,渭河与秦岭就像是"血缘之亲"。

秦岭作为中国南北的分水岭,是中国天然的生态宝库,然而秦岭的物质资源和文化价值不被老百姓知晓,渭河的生态价值和意义亦鲜为人知。他查阅大量资料,不断写文章普及保护秦岭和渭河对于陕西的重大意义,更是策划了大量专题报道,宣传渭河。

几年时间内,钟平走了 3000 多公里,进行历时两个多月的田野调研,完成了 4 万余字的《纵横大秦岭》调研报告,以纪实的手法,描绘了典型的人与事,展现出秦岭生态环境面临的现状,反映了秦岭保护的必要性。

1999 年 11 月,钟平发起成立了全国首家生态文学研究会。2000年,他策划主持的以宣传环保为主题的"海内外著名书法家创作邀请展"在中国国家美术馆展出,200 名海内外书法家挥毫泼墨。这次展览获得多方称赞,也使越来越多的人认识到秦岭的重要性。

2003 年春,在他坚持不懈的奔走呼号下,陕西省生态文学研究会与世界自然基金会(WWF),成功签订举办"关注秦岭"全国新闻大奖赛、"秦岭大熊猫家园的故事"全国少儿绘画大奖赛合作协议书。

WWF 秦岭项目部李宁女士起初对钟平存在质疑,她不理解一个存款不多、筹款渠道有限的人为何愿意做这件有风险且无回报的事情。钟平质朴地说:"我就是想为秦岭多做一些事情,哪怕一点点的机会,我都不会放过。"后来,李宁女士一直坚定地支持着钟平的环保行动,她说,正是钟平的一句"就想为秦岭多做一些事"打动了她。

钟平花大力气把与 WWF 合作过程中收集到的文章和 2500 多张图片整合,希望能够做成图文并茂的彩色版书,但是这就面临着一个现实的问题——经费有限。

如何能够凑齐出书的经费?钟平找到了当时从省林业厅副厅长调任省环保局局长不久的何发理,一遍遍向何局长阐述出这本书的目的,并将此书命名为《守望野性的家园》。何局长后来不仅同意赞助出版,并愿意为此书作序。在序言里,他写道:"全国这么多媒体集中宣传报道秦岭,我的第一感觉就是兴奋和敬佩。这对于陕西来说,是一件了不起的大事情。"这件事,因为钟平的努力,最终得以实现。铺天盖地的报道宣传秦岭,关注渭河,产生强烈共鸣。

这本《守望野性的家园》也引起了当时央视西部频道制片人杨永庆的兴趣,他希望通过纪录片的形式更好地展现秦岭的魅力。双方碰面一拍即合。这件事让钟平兴奋得一夜未睡,他积极地写策划,整理材料。拍摄过程中,钟平跑前跑后,俨然一名生态专家,一字一句斟酌解说词的严谨性。与此同时,他应邀参与了央视的卫星直播《秦岭探秘》大型采访活动。

多方媒体相继造势,社会反响很大,促使省人大常委会加速秦岭保护立法的讨论工作,加快了《秦岭生态环境保护条例》的出台。

如今,当钟平再一次驱车来到渭河,看到巍巍秦岭,绿树成荫,鸟类生态环境得以建立,水源环境得到保护,他当初的梦想实现了,保护秦岭他尽了一份力。

钟平在《华商报》举办的读者互动会上回答读者问题。

## 十年磨一剑,生态三部曲

写生态小说重在获得第一手的原始素材。为了收集到第一手资料,钟平多次孤身走完渭河沿线,独自驾车深入秦岭腹地,考察陕西的生态环境。

听说旬阳的木炭产业在市场上已经没了踪迹,为了寻求原因,他步行了 20 多里路爬上羊山,寻觅当年废弃的木炭窑。他独自驱车前往关中、陕北,由于长时间系着安全带,一大圈走下来,将胸前原本的一个普通的皮下囊肿磨掉了表皮,血渗过安全带,染红一大片,而他全然不知。最后伤口化了脓,不得已只能切开囊肿,缝线的地方成了今天留在钟平胸前的一道疤,至今一到阴雨天,这道疤还隐隐作痒。

想写好生态文学小说，没有扎实的专业知识做后盾是不可能做到运用文字笔法自然、力度适中的。钟平从来不放过任何一个学习行业专业知识的机会，对任何一个细节刨根问底，在随身带的本子上做记录，这些都为他的文学创作积累了丰富的资源。

当他的同伴们为他离开纯文学创作领域而惋惜的时候，钟平走在实地调研的乡间道路上；当他身边的朋友不理解他自掏腰包搞调研的时候，他忍住肩周和胸口伤疤的疼痛伴着中药一字一句埋头整理材料。3 年的时间钟平完成了 70 多万字的书稿，当他的第一部生态巨作《天地之间》问世时，他昔日的同伴们终于替他舒了一口气，"这么多年老钟的功夫总算没有白费"。

钟平的《天地之间》把关注点聚集在陕北煤矿产业的治理转型上。小说以暗访记者的角度切入故事，一点点暴露出当地的煤炭企业污染问题，具有很强的纪实风格，故事性很强，他深厚的文学创作功底和新闻纪实的功力在这部小说中淋漓尽致地体现了出来。他认为还原事物和人物的本真是生态文学创作不可推卸的社会责任之一。

时隔两年，2013 年底，作为"生态三部曲"之二的《塬上》正式出版。钟平说，他生活与创作最深的那口井还在"塬上"。这部小说以他的家乡铜川大气污染治理生态环境保护为题材创作而成，它的出版犹如一阵清风，吹散了雾霾笼罩多日人们心中的怨气。在过去的计划经济时代，追求生产，铜川成了国家的产煤市，这样的"奉献"换来了严重的环境污染，铜川失去了往日的美丽；经过十几年的治理，今日的铜川换新颜，迎来了喜人的生机。

中国小说学会会长雷达认为,《塬上》是一轴巨大的生活流画卷,涵纳了当今基层社会的丰富信息和现世百态。这部作品无论是对企业治理污染过程中的矛盾的刻画,还是对时代弄潮儿的刻画,都具有感染力和深度。

近20年来,钟平的足迹遍布三秦大地,笔耕不辍,以传播生态文明为己任。目前,他的"生态三部曲"之三的《赵氏河》正在紧锣密鼓的创作中。

对这部反映人与河流故事的生态力作,钟平充满信心,他希望通过这部小说让人们真正意识到保护生态、保护河流湖泊的重要性。在生态文学方兴未艾的今天,这部主题鲜明的生态文学领域的大作,必定会在中国的文坛赢得青睐,发挥它应有的社会号召力和影响力。

## 衣带渐宽终不悔　在这条道路上执着走下去

已经年过半百的钟平,不仅仅致力于文学创作,他更意识到需要完善生态文学理论知识。他苦于创作中生态理论知识缺乏,专程多次拜见著名生态作家徐刚,向他讨教。

他另辟蹊径,申报教育科学科研课题,探索以环保行为习惯培养作为环境教育的新方法,并积极与环保和教育部门联系,开展各项少年儿童环保实践活动。

当他发现文学青年李文波很有文学创作潜力时,他甘愿自掏腰包鼓励李文波进行生态文学理论研究,安排其在研究会上班,给他一个机会多接触、了解生态文学。

在李文波撰写《大地诗学》期间，钟平没少给他提供指导，帮助他几易其稿，反复提出修改意见。而当李文波建议共同署名时，钟平拒绝了，他希望看到一个青年为了生态文学成长的过程。这本《大地诗学》填补了我国生态文学理论研究的空白，使生态文学及其研究走上了一个新的台阶。

钟平乐此不疲地用他手中的笔奋力写作，他说，故乡情结让他始终不懈地走在生态文学创作这条道路上，希望能够改变受到破坏的生态环境，哪怕是一点点的改变，他都愿意付出全部的努力。

## 野生动物保护者张宇：
## 用生命守护罗布荒原

在新疆阿尔金山罗布泊荒原生存着一种世界濒危野生动物——野骆驼。野骆驼被称为"沙漠之王"，它能依靠苦涩咸水生存，有着极强的肌体调节系统，极具忍耐力。新疆罗布泊野骆驼国家级自然保护区管理局原局长张宇也被同事和朋友们称为"野骆驼"，因为 25 年间他曾 35 次深入"死亡之海"罗布泊进行科学考察，无数次穿梭于连 GPS 定位设备和指南针都神秘失灵的阿尔金山

张宇

张宇(前)与同事进行野外考察。

无人区,在这片生命禁区谱写了野生动植物保护的壮丽篇章。

## 不浪漫的野外科考

阿尔金山国家级自然保护区是我国乃至世界上第一个以保护高原荒漠生态系统为主的保护区,具有重要的生态和科学价值,被誉为世界上少有的"生物地理省之一"、世界上不可多得的"高原野生动物基因库"和"中国自然遗产保护地"。

1987年7月的一天,一位个头不高、鼻梁上架着高度近视眼镜的小伙子来到自治区环保厅自然处，急切地对干部张鹏表示："我叫张宇，刚从兰州大学野生动物专业毕业，我热爱保护事业，希望在这个舞台上有所作为！"刚毕业的张宇原本被分配到原新疆八一农学院，但他主动要求到阿尔金山自然保护区工作。上班第一天，他就跟着几位年长的同志去了海拔高、路途远的阿尔金山。

阿尔金山属高原盆地，气候恶劣，道路艰险，环境条件严酷。人在平均海拔 4500 米的高原上行走，常常感到呼吸困难、头重脚轻。张宇第一次来到管护站扎营时，和同事一起把十多个 150 公斤重的油桶从车上卸下来，累得脸都青了。然而，他在这里一待就是 25 年，直到生命的最后时刻。

张宇在野外科考途中。

野生动物保护者张宇：
用生命守护罗布荒原

自然保护工作并不像书里描写的那样浪漫。管护员要翻过海拔5000米的高山，穿越荒无人烟的罗布泊，中途还要经过大大小小的草原湿地、山谷沟梁……每年正常巡护两次，科学考察一年有四五次，一次至少十天半月，需要克服的困难难以想象。

2005年10月的一天，由张宇带队的"中、英、蒙三国野骆驼联合科学考察队"进入罗布泊。深夜，一声狼叫惊醒了熟睡中的科考队员，一群野狼包围了科考队的临时营地。见此情形，张宇马上点着了衣服，拎着柴油桶冲出帐篷，将附近的一根枯树枝点燃，并指挥队员击打水桶、油桶，制造声响，驱赶狼群。看见火光、听见此起彼伏的声响，狼群略受惊吓，稍微后退，却围着帐篷团团打转，随时伺机进攻。千钧一发之际，一个科考队员迅速冲出帐篷，跳进旁边的汽车发动马达，打开车灯冲向狼群……狼群散开了，张宇却一屁股瘫软在地。那一夜，车一夜没熄火，人一夜没合眼。

野外科考是件很艰苦的事。由于长期在荒无人烟的戈壁荒漠等缺氧、高温、干旱地区工作，张宇患上了肺气肿、高血压、肝炎等多种

2005年10月15日,"中、英、蒙三国野骆驼联合科学考察队"进入罗布泊考察。

疾病。五六月的罗布泊,太阳火辣辣地照着,地面温度将近50摄氏度,野外科考队员都汗流浃背,疲惫不堪,身患疾病的张宇始终顽强地坚持着。同事张俊新和张宇同住一个帐篷,张宇的一举一动他都看在眼里。白天张宇忘我地工作,晚上却要忍受头痛和胸闷的痛苦,整夜睡不着觉。在一个深夜,张俊新被一阵阵敲打声惊醒,看到张宇在地铺上辗转反侧,用力击打头部,他十分担心:"张局,你现在的身体状况不该来。""没事,我能挺得住。每次来都能看到野骆驼、藏羚羊,再苦再累也值得。"张宇平静地说。

## 较劲儿的研究者

来到保护区 25 年,张宇曾 35 次深入罗布泊,组织参与规模较大的野外考察 11 次,基本掌握了罗布泊野生动物、植物分布情况。他主持编撰了高质量科考报告 4 篇、调查报告 20 余篇,出版关于"双峰野骆驼"的专著 1 部,完成科研课题 3 项,其中一项成果获省部级奖励。这些都为新疆自然环境和野生动物保护事业留下了宝贵的财富。

为了填补新疆黑颈鹤科研观察记录的空白,1992 年 5 月初,张宇和同事张会斌共同做黑颈鹤的繁殖习性研究。黑颈鹤是中国特有鸟种, 种群数量稀少, 是全球易危物种和唯一生长繁殖在高原的鹤类。阿尔金山保护区是我国迄今为止发现这一珍贵鸟种繁殖的最北区域,每年的 4 月到 10 月,黑颈鹤成双成对地来到这里繁衍后代。

在长达 1 个多月时间里, 张宇和同事张会斌驻守在依协克帕提湖畔,每日认真观察记录黑颈鹤的觅食、求偶、筑巢、孵卵等行为。那段日子,他们每间隔一天就需要穿着雨裤蹚过沼泽地,近距离观察记录孵化细节。沼泽上空,冷风袭人,泥沼深处,更是冰凉刺骨。每当这时,张宇总会背上设备走在队伍的最前面。在沼泽里行进十分艰难,走不好就会陷进去,这时人就要从水裤里滚着退出来,浑身湿透,摸爬着从冰冷刺骨的沼泽里出来。

见张宇几乎每次回来都是全身湿透,被冻得瑟瑟发抖,张会斌劝他:"你这人真是一根筋,何苦呢?差不多就行了,有必要这么认真吗?"张宇回答说:"在物种研究上,宁可说零,也不能说一。把错误的东西告诉别人,比不说危害更大。"

有一年夏天,张宇跟随美国野生动物保护专家瑞恩一行科考,驻扎在阿尔金山东部野生动物常出没的地方。每天早晨天一亮,瑞恩和大家带上水和干粮出发,张宇主动扛上七八公斤重的望远镜、三脚架,爬上海拔5600米的山顶,搜寻野生动物的遗骸,发现目标后下山取样,再回营地进行鉴定、测量、分类、分析死亡原因。

一个月的时间里,每天重复同样的工作,张宇每次测量野生动物头骨时,都先用卡尺一点点地量,经过反复计算、核对后,再将数据一一记录下来。"张宇每次做研究时都很较劲。"他的同事说。

2010年,张宇负责实施了罗布泊区域多学科综合科考,取得了令人瞩目的成果。这次科考首次对极旱荒漠进行了昆虫采集调查,记录昆虫100种以上,并发现了5个中国昆虫新纪录和2个昆虫新种;记录了脊椎动物261种,种子植物130种;经估算保护区内有野骆驼450至550峰,而目前地球上野骆驼总数不足千峰。测算表明,有一半以上的野骆驼生长在罗布泊荒原。

来到保护区工作的第一年,在没有摄影器材的条件下,张宇凭借自己过硬的专业知识,根据动物特征和体态,用毛笔和同事一起绘制了保护区第一本图谱——《阿尔金山珍贵野生动物图谱》。图谱中,26种珍贵野生动物的图像栩栩如生。这本图谱凝结了张宇对野生动物

2007年4月,张宇(前)等人在阿尔金山区域考察。

保护事业的热爱,也成为罗布泊野生动物保护史上多彩的一笔。

## "前面危险,你们靠后"

　　阿尔金山自然保护区是我国最大的自然保护区,同时也是中国四大无人区之一,这里有着丰富的金矿资源。20世纪80年代末,大量不法人员进入阿尔金山自然保护区乱采滥挖沙金,这些人所带食品有限,往往靠偷猎野生动物维持生计。针对这一情况,阿尔金山保护区管理处工作人员组成武装科考队,加强执法巡护,在高原上展开了惊心动魄的反偷采反盗猎斗争。

　　1989年7月8日,张宇一行7人开车进入保护区,执行定期巡护任务。走到鸭子泉哨卡时，巡护队发现了七八顶帐篷，周围还扔了不少藏羚羊皮毛。100多名偷猎者仗着人多势众，拒绝接受检查，并暴力围攻执法人员，几名队员被打倒在地。这时，一非法分子对着一名队友举起了枪。张宇一个箭步冲上去，用身体挡住队友，并拼命夺枪。一声枪响，子弹飞出，非法分子疯狂地扑过来，张宇被当场打昏。在这场搏斗中，张宇胸部、腹部、腿部严重受伤。生死关头，当地的牧民带着公安武警及时赶到，才将这群非法采金团伙制服。

在这次清山活动中，张宇勇敢无畏的精神受到称赞，被上级授予"阿尔金山卫士"光荣称号，他和队友们集体荣立三等功。

据一些老科考队员回忆，年轻时的张宇好似初生牛犊，每遇清山或科考活动，都会主动请缨，积极参与。每当遇到危险，他总是挺身而出。"前面有危险，你们靠后。"这是张宇常说的一句话。

在荒原沙漠中，生命之水尤为重要。有一次，自治区环保局科学考察队进入罗布泊，带的水喝光了，团队内部弥漫着沮丧和绝望的情绪。此时，张宇和队友张鹏决定外出找水源，不久发现了一洼黄水。担心水质有问题，张宇拦住队友说："我先喝几口，如果没事你再喝。"说完，他双手撒开水面上的漂浮物，捧起水闻了闻，喝了几口，确定没事，才将水让给队友。

野外考察经常露营，有时大家伙挤在一个大帐篷里，晚上山风吹来，寒气逼人。每当这时，张宇总是睡在门口，自嘲地说："我又黑又胖，风吹不透，狼也不愿吃，我在这里给大家守门挡风！"有时睡袋不够用，他就把自己的睡袋让给别人，将大衣铺在冰冷的地上凑合一夜。

## "沙漠之王"温暖的家

2002年12月，时任保护区管理中心副主任的张宇参加了一次会议，这次会议引起广泛关注。当时中石油西气东输管道一线工程开建，管线设计需穿越罗布泊野骆驼自然保护区，涉及生态环境破坏及生态治理修复补偿金等重要问题。

"张宇参加了会议后回来说，占地面积大，生态价值损失多，300万元的生态补偿金太低了，必须重新算。"野骆驼保护区管理局工程师张超记忆犹新地说。

然而，该项工程举世瞩目，是西部大开发的1号工程，也是中国

2008年，张宇在库木塔格区域拍摄的野骆驼群。

重点工程首例生态补偿项目，国内没有经验可借鉴。进京谈判前夕，张宇一连多日加夜班，搜集国外生态补偿典型案例和有关材料，并自己翻译成中文。

到达北京的当天，张宇还在抓紧时间上网查询国外生态补偿案例。自治区环保厅生态处处长李新华看到张宇大半夜还没睡，就劝道："天都快亮了，睡一会吧！""你先睡，这事搞清楚了，明天谈判心里就有数了！"说完，张宇又埋头投入了工作。

第二天的会议上，他们拿着一沓肯尼亚等国外生态补偿的案例去谈判，以国外生态补偿作为主要依据和标准，张宇发挥出色、发言有理有据，争取到中国首例重点工程生态补偿金1650万元，比最初的补偿多了1350万元。

从第二年开始，罗布泊野骆驼保护开始了大踏步的发展。此后几年，保护区管理中心业务工作开展更为有声有色——完成了保护区十年规划，每年争取国家自然保护资金1300万元；组织制定了《罗布泊野骆驼国家级自然保护区管理办法》，联合国内外专家开展了野骆驼种群数量分布和栖息地专项研究；启动了野骆驼项圈跟踪研究和种群数量航空调查；完成了国际合作GEF项目和濒危伙伴项目。

在张宇和同事们的努力下，如今罗布泊阿其克谷地生态恢复区环境已经发生明显改善，形成了面积为5000多亩的湖泊生态系统，以芦苇为先锋植物的群落长势喜人，周围野骆驼的蹄印随处可见……国际野骆驼保护基金会理事长、曾多次进入罗布泊考察的约翰·海尔看到这样的画面非常惊喜，拉着张宇的手连连说："没想到如此荒凉的地方，竟然有这样一片绿洲！真令人高兴，这里变成'沙漠之王'温暖的家了！"

　　一生情系罗布泊的张宇曾在日记中这样写道：让罗布泊保护区成为野骆驼的天堂，这是我的梦想，也将是我一生奋斗的目标。

　　2012年10月4日，这位对野生动物保护事业一腔赤诚、二十五年如一日守护罗布泊荒原的汉子因心脏病突发，永远留在了令他魂牵梦萦的罗布泊。

　　他生前的一位同事饱含深情地赋诗：

　　　你累了　静静地睡着了
　　　因为你在戈壁滩上跑得太久了
　　　从风华正茂到生命的最后一刻
　　　25年
　　　你把人生最精华的岁月献给了自然保护事业
　　　……

# 环保应急工作者龚宇：
## 行走在生死边缘的环保先锋

美丽的"山城"重庆坐落在中国西南部的四川盆地，这里山水秀美，气候温和，是中国最宜居的城市之一。当人们饮茶听曲、散步赏景，畅享城市生活的便利与美好时，是否会想到，有这样一个人，为了保卫城市的安全与秩序，20 年来游走于火场、爆破点、危化品厂等险地，多次挣扎在生死边缘，他就是重庆市环境监察总队应急处处长、总工程师龚宇。

### 我不去，谁去呢？

2006 年 4 月 16 日 16 时许，龚宇接到一个紧急电话："一辆装着 18 吨环氧乙烷的液态罐车在 319 国道铜梁县西泉路段侧翻，摩擦的火星引燃了泄漏的气体，大火已经燃烧起来了，随时都有可能爆炸！"

想到环氧乙烷剧烈燃烧的巨大危险性，龚宇的脑袋嗡的一声，他赶紧对前方人员说："你们千万不能把火扑灭了！环氧乙烷燃烧后，毒性就消失了。如果灭火出现意外，发生爆炸或泄漏，那么后果不堪设

龚宇(右三)在污染事故现场组织抢险。

想。现在首要是迅速疏散周边群众,用水枪给气罐壁体降温!"

　　17时23分,龚宇一行赶到事故现场。只见一股20多米高的火焰冲向天空,周遭的温度十分灼热,龚宇和随行人员很快就满身大汗。"不要慌!一步步来。"龚宇立刻镇定下来,带领工作人员开始有序地工作:调查污染范围,组织疏散群众,采取应急措施,实施环境应急监测,做好污染态势的监控。

　　忙碌中,4个小时很快过去,21时许,火势得到控制,火舌越来越小,现场爆发出热烈的欢呼声。"险情终于排除了!"不少人击掌庆祝。

龚宇没有参与大家的庆祝，多年处理应急现场的经验使他不敢掉以轻心。他知道，火势忽然减弱，有几种可能：一是气体燃烧完了，二是火焰退回到罐内燃烧。如果此时贸然派人上前收拾残局，一旦发生爆炸，所有靠近罐车的人都无法幸免。

这时，现场有指挥组的领导认为气罐中的环氧乙烷已经燃烧完，可以派人进行收尾工作。龚宇坚决反对，坚持应该再观察一段时间。但是，319国道是一条交通大动脉，由于事故原因已经瘫痪了5个多小时，对当地的交通造成很大的影响。分管交通的领导问龚宇："你说要再观察，证据在哪里？"

龚宇想起环保系统有一种"爆炸报警仪"，这种仪器可以间接测试罐车内是否有可燃气体，是否处于爆炸状态。但是，仪器必须要人拿到罐口去测试，这是一个极具危险性的尝试，谁去呢？龚宇迟疑了一下，分秒之间，可能是生与死的抉择。随后，他平静地说："我去，我的经验丰富一些。"事后谈到这个决定，他说："作为队长，作为一个环保人，这是我的责任和使命，义不容辞。"经过商讨，现场指挥部决定由龚宇和铜梁县环保局副局长杰永鸽一起去。

他们穿好防护装备，带着爆炸报警仪走近罐车。刚刚靠近罐口，仪器突然嘟嘟嘟地叫了起来，杰永鸽一下愣住了。龚宇大叫一声："要爆炸了，快跑！"他拉住杰永鸽就向外跑，还没跑出50米，罐车轰的一声爆炸了！巨大的火焰再次冲天而起，他们被爆炸的气浪掀翻到空中，再重重地摔下来。

时隔数年，杰永鸽仍然难忘2006年4月的那个下午液态罐车爆炸后的两个镜头——他和龚宇被巨大的热浪抛到空中，再重重地坠到地上，满身尘土的他脸朝下趴在地上，心里有一个声音在说："我们

龚宇在值班

还活着。"而他清晰地记得,身旁的这个男人,在几近昏迷的状态下喊出最后的话是:"罐车环氧乙烷已全部泄压,快,快——叫人注水置换!别错过处置时期……"

"其实我也害怕,"龚宇后来对同事说,"可是,作为环境应急事故处理的专业人员,我不去,谁去呢?"

## 与堰塞湖的生死竞速

2008年5月12日,四川省阿坝藏族羌族自治州汶川县发生里氏8.0级地震,前所未有的大地震对当地的生态环境造成了巨大的破坏。为了避免灾情扩大，环保部在第一时间启动了突发环境事件和核与辐射事件应急响应工作，成立了抗震救灾前线指挥部，连夜吹响了"排查隐患、监控水源、处置污染、确保环境安全"的号角，紧急从各地抽调环保战线的工作人员参与救援队伍，赶赴地震灾区进行环境安全隐患排查工作。

当时，龚宇刚连夜完成重庆市嘉陵江入境段面地震灾后的水质应急调查和监控工作。接到通知，他顾不上休息，即刻带领19名环境监察人员进入灾区。他深知，大灾面前，生态环境的崩溃可能就在顷刻间，他们必须与时间赛跑！

据与他同去的队友王健回忆，深入灾区的路，时时处处充满了未知的危险，余震使山体晃动、路面突然塌方、山上飞下巨石，都是可能

汶川地震形成的堰塞湖

出现的情况。汽车在残破的路面上飞驰，车内每个人都瞪大眼睛，时刻观察着路面的情况，提醒司机小心绕过一个个断裂带，处理随时出现的突发状况。

一进入震区，龚宇和队友们就遭遇了6.4级余震。由于余震不断，为了确保堰塞湖泄洪区饮用水安全和灾区环境安全，环境保护部抗震救灾前线指挥部给这支队伍下达了"三大战役"的命令：一是对北川县唐家山堰塞湖泄洪区的饮用水进行环境安全排查；二是对什邡市化工园区进行环境安全隐患排查；三是对所有震中灾区医疗机构、垃圾场所进行环境安全排查。

分组的时候，龚宇主动选择了最难、最危险的任务。"我们要做的，是承担起离唐家山、雎水灌滩等堰塞湖最近的生产、储存、使用危化品的企业排查任务。"而所有人都明白，根据溃坝的预警，留给他们的时间只有两天。

堰塞湖随时都会有溃坝的危险。这是一场与时间赛跑、与悬湖做生命较量的特殊战斗。环境安全隐患排查必须抢在唐家山、雎水灌滩等几个危险堰塞湖溃坝前，完成下游环境安全隐患排查工作，安全处置和转移危险化学品。

5月26日，龚宇所在的第五小分队伴随着余震到达安县银河建化集团，这里离雎水灌滩堰塞湖只有5公里。他和同事们顾不上吃饭，立刻在倒塌厂房的瓦砾中间进行现场检查。经排查发现，该厂现存有红矾钠200吨、铬渣2.5万吨、铬酐100吨、芒硝200吨、纯碱2000吨、硫酸528.96吨、铬矿石1万吨。龚宇不禁倒抽了一口冷气，感到既庆幸又后怕：这些危化品一旦流入堰塞湖，后果将不堪设想！

龚宇正在开展生物毒性试验。

消息第一时间传向了环保部。在环保部的督促下,厂方加固了防洪堤坝,剩余的危化品在固废处置人员的指导下迅速得到安全转移。在堰塞湖汛期到来之前,龚宇和同事们成功清除了重大环境风险源。

在震区的 9 天里,龚宇带领的救援队伍困了就在行车途中稍睡片刻,饿了就在车上吃点干粮充饥,夜里工作太晚就在车上或者在帐篷里和衣而卧。龚宇粗略地统计过,在灾区,他们经历了 1 次 6.4 级地震、3 次 5.7 级地震和上百次余震,还遭遇了飞石袭车和房屋倒塌的惊险。如今,再回想那段天地同悲的艰辛日子,龚宇说:"即使向前一步就是死亡,我亦无怨无悔。"

## 保卫嘉陵江

2010年7月，重庆市突遇暴雨。合川区诺齐思化工有限公司约31吨苯系物原料因洪水突然到来没有及时转移，绝大部分罐体已经浸在水中，11个储罐中有2个已经出现泄漏。该公司距离嘉陵江仅两公里。如果不及时转移，水位下降，导致罐体破裂或倾倒，大量的苯系物将会进入嘉陵江，最终进入三峡库区，威胁到长江水系生态和下游上千万人的饮水安全。

龚宇勘探现场后，坚定地要求设置拦截坝，启用应急围堰防治污染扩散。但是由于当地政府和企业缺乏应对经验，龚宇的建议并没有引起重视，抢险工作一度陷入停滞。时间在流逝，险情在加剧，再容不得丝毫犹豫。龚宇和同事们意识到了事态的严峻性，一边连夜向上级报告，一边坚守现场，指导和协助应急处置。接到龚宇的报告，重庆市环保局在两天内连发了6道函给合川区政府，从环境应急的专业角度，强烈要求启用应急围堰防治措施。

在这个过程中，龚宇带领环境应急人员几天几夜坚守在现场，头顶炎炎烈日，忍受40多度的高温，在洪水中冒着生命危险划橡皮船指挥设置拦截坝，组织专业人员指导和协助应急处置，整整4天3夜，他都没有合眼。7月22日，他们成功转移和拦截了苯系物，嘉陵江水质没有受到苯系物污染。

这一战，龚宇全身被烈日灼伤，皮肤又红又肿，几乎换了一层皮。爱人给他擦药时，心疼得手都在颤抖："你能不能不这么玩命？"

龚宇说，我们成功地转移和拦截了苯系物，使嘉陵江水没有受到苯系物污染，避免了"第二个松花江事件"的发生，我不玩命行吗？

## "智勇双全"的环保先锋

从年轻时开始，龚宇就对环保事业情有独钟。高考择校时，他在浙江大学、重庆大学和西南大学中选择了综合排名靠后的西南大学，正因为西南大学有他心仪已久的环境科学专业。龚宇说，毕业时，穿上环保执法制服的那一刻，一种顶天立地的自豪感油然而生。随着工作阅历的不断丰富，他认识到，环境应急管理工作不仅需要英雄式的勇敢无畏，更需要社会应急机制的完善和信息的现代化。

2010年，重庆整合全市应急力量，成立了综合应急救援总队，环境应急作为保障服务队伍加入其中。龚宇和同事们以此为契机，建立完善了重点行业企业环境风险、化学品管理数据库，结合自动监控系统，形成了环境质量和污染变化的预测预警体系。

经过论证和实践，龚宇和同事们确立了环境应急管理"平战结合"的方式。以预案指导应急响应和处置，对预案的操作流程和部门职责进行优化和细化，突出预案的科学性、实效性和可操作性，基本实现了编制规范化、操作流程化、演练制度化、管理动态化。

2011年，重庆环保系统将应急预案与重点环境风险源登记及隐患排查整治管理系统结合起来，实现了预案动态化管理。同时，还强化了环境应急管理机构、指挥预警平台、应急监测和救援队伍建设的联动协作，形成了应急救援通讯指挥网络，通过网络数据信息的实时交互共享,实现环境应急救援指挥查询、动态监控、快速响应一体化。

在龚宇和同事们的不断努力下，重庆初步实现了环境风险源的可视化、应急预案的图解化、污染监控数据与特征物质的关联化、报警定位和应急方案生成的自动化、监测数据传送分析的智能化,为突发事件预防和应对提供了基础保障。

在环保战线上，在龚宇的环境应急处理生涯中，这样的故事太多。从 1994 年进入重庆市环保系统工作以来,他已在重大突发环境事件应急处理工作的第一线奋战了整整 20 年。20 年来,他曾参与并成功处置了"12·23"开县天然气井喷、"4·16"天原厂氯气泄漏爆炸、"11·24"垫江英特化工公司苯爆炸、"4·18"铜梁环氧乙烷罐车爆炸、"5·9"铜梁县久远防水涂料公司煤焦油污染等上百次紧急环境突发事件,把自己的青春和汗水毫无保留地奉献给了西部地区的环保事业。

无数次出入火场、灾区、危化品厂,无数次徘徊在生死边缘,"不是不怕,但我们的职责是保一方百姓平安,关键时刻必须顶上去!"这个并不高大的男人用 20 年的拼搏与坚守,向我们诠释了一个环保人的勇气与骄傲。

# 西海固支教队：
## 高天上的流云为这里拨彩

　　宁夏西海固是巍峨屹立在中国历史中遥远的文化符号。早在 3 万年前的旧石器时代，就有人类在此生息繁衍。

　　天下黄河富宁夏。宁夏地形南北狭长，北面是黄河经过的地方，是川区，产大米，很富裕。而南面的山区就比较贫困，著名的西海固（这是位于宁夏回族自治区南部的西吉、海原、固原等 7 个国家级贫困县的统称）就在山区。

　　也许是因为它的深厚、它的沉重、它的沧桑引来了古往今来无数文人墨客的指点和凝视。

　　其实还有西海固的贫困——

　　周恩来总理曾说：西海固地区贫甲天下。

　　联合国粮食援助署的相关人士说：西海固地区不适合人类居住。

　　1999 年，6 名来自复旦大学的研究生踏上西海固的土地。随后，循着复旦学子的脚步，来自复旦大学、南京大学、厦门大学等 9 所大学的数百名研究生支教于西海固，在这里支起"知识改变命运"的杠杆。这片贫瘠的土地吸引了一批又一批年轻人来这里传道、授业、解惑。他们在中国最贫困的地区经受了磨炼，同时也为西部的山里孩子带去了多彩的梦想。

## 三合中学的复旦老师们

　　三合村隶属位于宁夏回族自治区南部的西吉县，这是个有着一万多人口的汉民村，以农业为主，主要种植小麦、马铃薯、胡麻、玉米、豌豆、高粱、向日葵等农作物。这里长年干旱，农作物收成不好，基本上没有其他的收入来源，少数有条件的家庭外出打工挣点儿钱。农民家里主要饲养鸡、猪、牛、羊、驴。农民家庭人口一般比较多，七八个孩子的家庭较常见。自然条件不好、收成不好加上人口又多，所以，农民家里每年基本没有余粮，有的家庭在青黄不接的时候还要买口粮。

三合中学的篮球赛

三合中学是西吉县西南部几个乡唯一一所完全中学。对于来自复旦大学的支教老师们来说,挑水、劈柴、生炉子是他们的第一课。第六届支教队员高天还记得第一次挑水的情景:"手无缚鸡之力的我,走得是战战兢兢、如履薄冰,走了还不到一半,水却只剩下一半了。跟在后头的学生心疼得直叹气,硬是从我肩膀上抢过扁担,不是心疼我,而是心疼水。大半年过去后,我能一边挑着60多斤的水担一边哼着小曲儿,潇洒得健步如飞。虽然手上磨出了一层老茧,却也体会到了另一种'超越自我'的喜悦。"

来自复旦大学的第十届支教队员郑丹,曾负责英语教学。她说,上第一节课时,她想了解一下同学们的英语水平,便请大家用英语作自我介绍。让郑丹哭笑不得的是,得到的回应是一教室的寂静和满屋子面面相觑的表情。

为鼓励学生开口,改变"哑巴英语"的现状,郑丹将大学的"圆桌教学"搬到了课堂,并将英语单词做成卡片,在课堂做起"英语对号"小游戏。她还经常给学生们播放原版英文歌曲,教一些英文歌,以此培养学生们的语感。她还要求同学之间平时尽可能用英语交流,慢慢地,学生见面也开始用英语打招呼了。

现在,在三合中学,学生们现在已经能够大胆地"秀"英语,进行自我介绍,与他们交谈,已丝毫感受不到西部山里娃的羞涩。

## 列入校史的美术课

西海固的"海",是指海原县。海原县关桥乡有一所关桥中学,建

海原县关桥中学

校于 1976 年。这所乡村中学学生的中考成绩连续 8 年在海原县农村中学中名列第一。然而,就是这所海原县的"名校",由于师资,特别是音体美教师的短缺,校史上不曾开设过美术课。

厦门大学的支教老师马晋辉来到关桥中学时,学校领导如获至宝,立即安排他担任七、八年级 12 个班近 700 名山里孩子的美术老师。

当马晋辉第一次走进教室时,学生们都睁大了眼睛,说:"哇,还有美术课啊?"这样的惊讶让这位 24 岁的年轻老师觉得心酸。

山村娃从来没有上过美术课,没有任何绘画基础,所以马晋辉无法按照教材教学。他按照自己的方法,首先教孩子们去感受自然,然后慢慢用画笔来表达这种认知。

"我想让孩子通过美术课的学习，能够把身边的一草一木、身边发生的事情，或者是自己的情绪，用画笔描绘在纸上。"马晋辉说。

经过一年的教学，马晋辉最初的目标已经基本达到。临近期末，他给学生们布置了这样的期末作业：自由发挥，用这一年所学到的东西创作一幅作品，作品可以选择自然的幻想或者我的梦为主题。

孩子们的笔法很拙劣，放在城市里估计和幼儿园孩子的水平差不多，但是每一幅画却又是那么用心：古代苏东坡、三个小太阳、幸福的一家……

据关桥中学副校长田彦贵说，学校为孩子的期末作业专门购买了画纸，而这些作业将会被保存起来，作为历史的见证。

或许这就是关桥中学这个农村学校素质教育的一个新开端。

## 多媒体教室的"诱惑"

复旦大学研究生支教队服务的另一所学校——位于宁夏回族自治区固原市西吉县王民乡的王民中学，是他们服务学校中最为偏远、条件最为艰苦，也是服务时间最长的一所学校。王民中学四周大山环绕，荒远偏僻，全校仅有学生近三百人，教师十余人。

据说，当年在王民中学支教的志愿者给江泽民同志写了封信，建议实行定点支教，此意见被采纳。2001年，王民中学成为中国农村第一所宽带上网的中学。因为硬件教学设备的改善，近几年学生人数持续上升，当时学校正在向复旦大学申请捐建多媒体教室。但学校的基础设施仍然需要改善，学校里甚至还没有食堂。

很多人会疑惑，没有食堂，学生的吃饭问题都得不到解决，要多媒体教室做什么呢？

"我们当时向复旦大学提交的申请包括建一个食堂和一个多媒体教室。但当我们得知只能选择一个时，学生们说，他们啃馍也行，但要先进的教学设备。"在王民中学支教的范惠众说，这里的师生是有眼光的，他们的认识是清晰的。

"他们通过宽带了解了外面的世界，掌握了一定的技术，就是考不上大学也能谋生了。"范惠众说。

从西吉县到将台乡的路上有一个标语："念了初中好打工。"在我们看来这是多么渺小的理想啊，但对于西部的学生来说却是最实际的。

西吉县王民中学的多媒体教室

离开复旦大学时，导师石磊教授意味深长的那句话一直深刻在惠众的脑海里："你上了大学也读了不少书，看问题表面上很有逻辑，但那是直线化逻辑。到农村去，了解农村，会使你看问题更加具有理性和逻辑性。"惠众在支教的同时，开始一项课题的研究——西部农村基础教育在西部农村剩余劳动力流动中的作用。他试图用经济学理论解释西部地区的教育状况。

## 两名心脏病学生的救命人

对于研究生支教老师来说，教学之外他们花费时间最多的就是"助学"。而对于厦门大学第十届研究生支教团来说最重要的事就是"捡回"两个先天性心脏病学生的命。

王民中学饮水工程项目签约暨揭碑仪式

2008年12月，支教队筹集3万元资金用于学生田叶叶的治疗；2009年4月，支教队联系到山东济宁医院附属医院，为另一个患先天性心脏病学生马蓉争取到全程免费治疗的机会。

以下是支教队队长叶仲霖的一篇日记：

2009年5月9日，我想，我一辈子都会记住这一天。

　　那一天，前往山东济宁做手术的孩子顺利回来了，清晨四点多的火车到达海原。之前听她父亲说，孩子在西安跟我挂完电话后，情绪非常激动，身子不断地颤抖，激动的泪水一直在眼眶里打转……我开始担心跟孩子见面会让她太激动而影响她身体恢复，于是就发了一条短信让她好好休息，我过段时间再去看她。让人意外的是，早晨我还在睡梦中，她父亲从家里赶到学校，硬是把我接走了。

　　孩子马蓉，就读于我所任教的七年级(5)班，是继田叶叶之后第二个向我写求助信的学生。今年13岁的她患有先天性心脏病，但是对于这样一个年人均收入只有827元的贫困地区的家庭来说，三万余元的手术费用无疑是一个天文数字，而在这个年龄再不进行手术可能会有生命危险。

　　马蓉学习特别刻苦，成绩非常优异，担任班级学习委员兼英语、数学课代表，曾获得"宋庆龄基金会助学金"，年级"数学竞赛一等奖"等荣誉。

　　在去孩子家里的路上，远远地就看见孩子靠在家里的土墙上，我担心孩子的情绪，于是赶紧先招了招手，孩子开始慢慢地往我走的方向挪动身体，我赶紧跑了上去，心里也很激动……

　　孩子说："叶老师，我非常想念你。"

　　我的心一颤，赶忙安慰了几句，开始假装生气：你怎么不好好地在房间里休息，跑出来干什么？要是影响了身体，你怎么对得起那么多关心你的人，从现在起，不要多说话，这样伤口会疼……

这时,孩子的爷爷也赶出来了,把我拉进了屋里,掀开门帘,这一回我看到了一辈子永远难以忘记的一幕:家里没什么好吃的,也不

复旦大学研究生支教西吉项目十周年座谈会

知道该用什么来表达感谢,就把家里的一头羊羔宰了……

从来没想到,那么穷的家庭,居然宰了一头羊羔来招待我。对当地来说,这是只有最盛大的节日"古尔邦"节才有可能出现的事情,甚至有的家庭在那盛大的节日都没有能力或是舍不得去宰一头羊羔,而用鸡鸭来作为"古尔邦"节的圣礼……想到这里,看看桌上满满的羊羔肉,竟提不起筷子……

孩子的邻居和亲戚听说我到了,陆续都过来了,屋子里人越来越多,这时,之前上学期我联系资助的另一个先天性心脏病的孩子田叶叶(两个患心脏病的学生是邻居)一家人闻讯也过来了。我看着两个孩子的快乐笑容,心里暖暖的,很开心很幸福。我想,幸福永远会眷顾那些需要帮助的人们……

回来的路上,海原居然破天荒地下起了微微的细雨。孩子父亲说,这是今年见到的第一场雨,夏天就要来了……春天播下的种子,并非在秋天都能收获,但春天播下的希望,却总能让人充满了期待。在秋天收获的季节里,即使获得的只是一地落叶,但

艰辛、汗水、梦想、爱和责任所铸就的心路历程也足以让我感到骄傲和自豪。我深深地相信,在这个世界上,有爱的地方,就有希望,就有纯真美好的欢笑,就会春暖花开。

## "他们打开了我们"

记者徐庆群曾去西海固采访,她问了学生们一个问题:"支教老师给你们带来了什么?"

支教老师讲课很生动,总是讲一些新鲜的事情,讲大城市里的事情;支教老师来了,才有干净的水喝,有了水泥篮球场地;支教老师给他们建了图书馆,他们可以借到许多书看;支教老师对他们非常好,让他们通过电脑看到了外面的世界,有了走出大山的愿望和信心……孩子们的回答各种各样。

一个女生突然激动地说:"支教老师让我们看到了很远很远。他们打开了我们。"她用了"打开"两个字。

"打开",可以理解为,志愿者为山里的孩子打开了山外的世界,开启了他们的心智,让他们有了更明确的理想和奋斗目标。

五四新文化运动时期,一大批先进的仁人志士将"德先生"和"赛先生"引进中国,唤醒国民。这就是先进思想和文化的启蒙作用。

2009年支教十周年的时候,时任复旦大学党委书记的秦绍德教授前往西吉慰问支教志愿者。秦书记问了西吉县教育局局长一个问题:"复旦支教十年,你觉得带来哪些改变?"局长略作沉思以后,回答道:"复旦支教十年,最大的变化有两个。一是女娃娃们读书的多了;

**西海固剪影**

二是娃娃们更讲卫生了,普通话说得更好了。"这个回答给了支教老师很大的震动,他们不仅在传授知识,更在改变当地的观念和生活方式。

在一名高二学生住的一间窑洞里,破旧的土炕上方的墙上悬挂着一张中华人民共和国地图。这个 19 岁的孩子躺在破旧的床单上,一定无数次注视着地图,遐想、沉思、圈点着他的未来⋯⋯

青藏铁路建设者：
　　雪域高原铁路梦圆

　　有一个地方，那里有着善良淳朴的牧羊人，有着为信念而奋力骑行的旅者，有着身背行囊只为心中梦想的徒步者，有着被世人传颂的文成公主进藏的历史故事，有着丰富的生态资源……被多少人称为心灵家园的西藏，多少年来吟唱着古老欢快的赞歌，现如今，铁路建设者们把昆仑山、风火山、唐古拉山的险峻，可可西里的美丽，通天河、沱沱河的神秘连成了一串青藏铁路，铁路的修建让青藏高原更加壮美。

　　青藏铁路是世界海拔最高的高原铁路，青藏铁路建设者们克服了海拔 5072 米带来的高寒缺氧、冻土施工、环境保护三大世界难题，历时 3 个半月完成 8.3 亿元投资的青藏铁路建设工作，让西藏告别了没有铁路的历史。

### 微命三尺献高原

　　青藏铁路北起青海省西宁市，南至西藏自治区拉萨市，全长约

1956公里,海拔高达 4000 米以上的地段有 960 公里,这就意味着高寒缺氧、强烈的紫外线和恶劣的气候条件是青藏铁路建设者们不得不面对的客观环境,这样的环境给他们的身体带来了无限的挑战。

青藏高原空气稀薄,长时间的低氧环境会使人体机能缺氧,导致脑力反应下降,劳动能力严重下降,甚至会产生严重的高原反应和急性高原病。

为了预防高原病,建设工地除了分发高原药物以外,还在海拔4500 米以上的地方建立大型制氧站,严格要求每位建设者每天吸氧不少于 2 小时,并且保证每位工人床前有氧气,睡觉前可以吸氧气。

在施工工地流传着这么一句话:"天大地大没有反应大,爹亲娘

风火山隧道入口

亲不如氧气亲。"

在青藏铁路线上的"鬼门关"风火山地区气候环境极为恶劣,年平均气温低至零下 7 摄氏度,最低气温甚至达到零下 40 摄氏度。在海拔 5100 米的风火山上修建隧道无疑是一件看似不可能完成的任务。

但是,铁路建设者们将不可能变为了现实,隧道入口,"风火山隧道"几个大字显得神秘而凝重。施工中,大型制氧站向隧道内源源不断地输送氧气,使洞内氧气含量达到了 80% 左右,建设者背负 5 公斤的氧气瓶作业,工地宿舍安装供氧管道,职工随时可以吸氧。

从 2001 年开工建设,进藏的青藏铁路建设者达 10 万人,他们不仅胜利完成了建设任务,而且 10 万名职工无一例因高原病死亡,也没有烈性传染病发生。

除了缺氧的恶劣现实环境,青藏铁路沿线气候恶劣,俗称:一年无四季,一天有四季。一天之中,极有可能会出现狂风、暴雨、大雪、冰雹的天气状况,变幻莫测。夏天下大雪的情况屡见不鲜,交替出现的恶劣天气环境,给建设者的工作和生活带来了不可想象的影响。低氧、严寒、低气压,这样的环境我们常人甚至连正常步行都存在困难,而建设者们一干就是几年时间。在铁路建设者安多县指挥部的院子里有一条标语——"低压不能低志气、缺氧不能缺精神",这句话不仅写在了墙上,更深深烙刻在了建设者们心里。

## 我们是一家人,相亲相爱的一家人

得知政府要修铁路,藏民们的心情是复杂的,他们渴望通过修建铁路发展经济,但是修铁路肯定需要占用他们的土地。但是他们首先选择支持国家建设,支持当地政府,主动腾出车站建设用地1200亩,其中耕地900多亩。

可是如何才能给失去土地的藏民们找到一条生存新路子,青藏铁路建设者们想了很久,找到了自己的解决办法。

他们以有利于民族团结为出发点,在拉萨站工地上义务举办建筑技能培训班,开设的课程围绕瓦工、油工、电工、管道工等多个工种,藏族同胞在劳动中学了艺,在劳动中致了富,结业时他们非常兴奋地说:"多学了几门技术,以后谋生的手段更多了。"

见到很多游牧藏民孩子上不起学,铁路建设者们慷慨解囊,自发组建帮扶小组,利用自己的休息时间,辅导当地孩子的学习,为驻地牧民们捐款,解决当地孩子上学难的问题。

同时,铁路建设施工队伍尽可能雇用当地藏族同胞,使他们得到实惠,增加收入。洛桑是施工队雇用的一名当地人,在冬天青藏铁路息工期间他负责帮助看守营地和设备,每月能够领取700元的收入,他曾是一名孤儿,现在已经把施工队当成了自己的家。

筑路大军的藏族职工全部住进高档高原帐篷,指挥部配置有消毒碗柜、煤气炉具,甚至锅碗瓢盆都为他们准备齐全。藏族职工与正式职工同劳保、同医疗。为尊重和满足藏胞们的传统风俗、生活习惯,建筑地上专门开设了藏民食堂,藏民们每天能吃上爱吃的糌粑,喝上最爱的酥油茶,心里暖烘烘的。

铁路修到哪里,温暖就送到哪里,火车未到,情谊先行。在自然环境十分恶劣的条件下,青藏铁路建设者们不仅恪尽职守地在工地辛勤建设，还尽最大可能地给藏民们带去温暖，为他们建水坝、修公路，替他们拉电线，自发组织起来修建希望小学，提供医疗卫生方便……

## "保护长江源，龙脉万古流"

被称为"地球上最后一块净土"的青藏高原，生态多样性不容乐观，我们能看见的草皮仅十几厘米厚，在薄薄的腐殖层下是黄色砂砾，修建铁路过程中任何一个不正确的行为都可能导致冻土融化、土壤沙化这些不可逆转的影响。青藏铁路建设者们在决定修建铁路的那一刻起就发出了铮铮誓言："我们绝不做环境的罪人，不做生态的

藏族老人在工地边观看铁路施工。

藏羚羊穿越青藏铁路线。

破坏者。"

　　修建铁路建设史上第一个在建设施工期开展工程环境监理试点的青藏铁路线，建设者们想尽了一切办法，并建立了工程环境监理制度项目。至今，建设者们个个都记得当时施工便道两边遍插的彩旗。

　　它们并不是装饰，而是建设者们自己发明的环保标志。为了保护仅剩十几厘米厚的草皮，在施工过程中，施工车辆通过的便道都有严格规定，便道宽度仅 3.5 米，会车处为 4.5 米。两侧插着的彩旗就是标出的范围，决不允许车辆在草地上轧出一个印子。这样的旗帜成了一道美丽的风景，更是建设者保护环境的一份心。

　　在工程施工前进行的环境影响评价中，针对可可西里、楚玛尔河、索加等自然保护区的施工线路段，建设者们设计了多个方案，从中选优，做到了尽量减少对自然保护区动物们的干扰。

在桥梁和隧道的设计中，他们充分考虑到野生动物穿越的需要，在野生动物可能出现的区域留有野生动物通道，这样的通道在桥隧路段共有 33 处，并且将该路段的施工时间严格控制在上午 9 点至下午 6 点，正是为了给夜间穿越的野生动物留有足够的时间和空间。考虑到白天施工对野生动物的噪音干扰，建筑者们专门拨划出 800 万元购买了噪音尽可能小的挖掘设备。

除此之外，建设者们经常会在修建铁路的过程中发现路边受伤的小动物们，他们停下手中的繁忙工作，立即找到驻地医务人员对野生动物救治。被他们精心照料的野生动物恢复体能之后，再次被送回到大自然中。"环保至上"的理念深入每一个青藏铁路建设者们的心中，"保护长江源，龙脉万古流"的宣传标语随处可见。

## 世界冻土工程博物馆

冻土是修建青藏铁路的一个巨大的拦路虎。青藏铁路穿越世界上最复杂的冻土区，有很多冻土工程措施目前都是国内外首创，堪称"世界冻土工程博物馆"。

冻土对温度极为敏感，在严冬它会像冰一般硬硬的冻起来，温度降低体积会膨胀，这样的话，建在冻土层之上的路基钢轨就会被冻土层顶起；而温度升高之后，融化的冻土体积缩小，被顶起的路基又会凹下去。冻土层反复的"顶上去"和"凹下来"给施工带来巨大的影响。

之前建造的诸如前苏联西伯利亚冻土铁路、加拿大北部海湾冻土铁路都曾大范围地出现过冻土融化下沉和冻胀隆起的现象。

我们无法想象脚下这片土地深处是冻土世界，它会随着温度变化，或融化下沉，或冻结膨胀，周而复始，使地面变得凹凸不平。火车作为陆地上的巨无霸，曾在40多年前就试图踏足这块土地，却最终在冻土面前望而却步。

虽然在加拿大和俄罗斯等这样的高纬度低气温国家也存在冻土层，但是像青藏铁路路段这样纬度低、海拔高、日照强烈的地区，这样的冻土层还很罕见，加上青藏高原构造运动频繁，对铁路建设造成不

青藏铁路格拉线冻土地段换铺无缝长轨开工。

可想象的威胁。

当隧道开挖第一声炮炸响后，有着多年隧道挖凿经验的施工技术人员看到饱含冰的土质，大呼"长见识"——冻土层最厚达150米，覆盖层最薄处仅仅8米。

这样的土层结构，稍有不慎就会导致大面积的塌方。为了保护冻土铁路路基的稳定性，青藏铁路建设者们坚定"保护冻土"的原则进行设计，他们果断地决定一改以往传统沿用的消极被动保护冻土的方法，而是采用积极主动的方式：冷却地基。尽可能减少传入地基土体的热量，以保护冻土的热稳定性为核心，达到保护路基工程结构稳定性的目的。青藏铁路采用的主要措施有抛石路堤、抛石护坡、热棒、保温材料等，或以上几种措施综合使用。

他们在多次实地考察中，发现冻土保护还可以应用人工冻结技术，即将冻结管插入土中，利用人工冷液在冻结管中循环，使土层冻结。冷液可以选用盐水，也可用液氮。一旦冻土路基发生了融沉，用其他方法不能治理时，人工冻结技术就是一个很好的抢险措施。

在青藏铁路沿线一共有冻土路段547公里，用以桥代路来解决冻土问题的路段大概是100多公里左右，以桥代路也是建筑者们摸索出的解决冻土问题行之有效的方法。

风火山位于可可西里的边缘，与它的名字截然相反的是，这里没有火，有的只是高寒缺氧、永久性冻土等恶劣的自然条件。在青藏铁路开工之前，曾经有西方媒体预言，青藏铁路根本就过不了风火山。

为了保护好冻土又不影响工程的质量，工程师们为风火山隧道量身定造了两台大型的空调机组，分别从隧道的两边往里降温，使温度可以控制在正负五度之间，这样，既能很好控制冻土大量融化，同时也保障了混凝土能够及时凝固。

风火山隧道工程建设是青藏铁路科研项目最多的高原冻土隧道，不仅创造了人类隧道史上新的吉尼斯世界纪录，同时它所创造的20多项冻土施工科研成果，也把我国冻土研究的水平推向了新的高度。

## 哈达献你们

数十万名青藏铁路建设者用热血和智慧谱写着一曲曲感人肺腑的英雄壮歌，把太多的爱、太多的情献给了高原铁路。为青藏铁路建设付出心血的每个人都是英雄，他们经受住了低寒、缺氧的高原的考验，克服了冻土等恶劣的环境，再多的语言描绘都是苍白的，他们创造了铁路建设史上的奇迹，值得我们为他们骄傲和呐喊。

## "绿色江河"民间环保组织：
### 情系长江源

山顶上覆盖着白雪的悬岩，像钻石的皇冠闪闪发光。17000英尺的山峰高高地耸入藏区蓝色的天空，山脚下，亚洲最大的河流在奔腾。峡谷越深越窄，平静的江水渐渐变为汹涌澎湃、咆哮

"绿色江河"志愿者们

怒吼的洪流，飞溅的浪花冲击着狭窄的峡谷。这条雄伟的大江越往前，开辟越深，它冲决着一个个山岩障碍，甚至冲决了这座高近 20000 英尺的玉龙雪山的阻拦。

这是西方纳西学之父洛克亲见壮美的虎跳峡后发出的感叹。1986 年，23 岁的青年杨欣与喜爱探险的朋友怀着一腔热血与激情走进长江源 800 里无人区，亲历了穿越虎跳峡的惊心动魄，完成了史无前例的长江首漂。这次漂流一共持续了 175 天，行程 6300 公里。一路上，杨欣欣赏并拍摄了许多长江美景，感受了长江源腹地的纯净与壮美。从那以后，美丽壮阔的长江经常萦绕在杨欣的梦中。那时的杨欣不会想到，这次壮举将他的一生与长江紧紧相连，从摄影师到探险家再到环保主义者，他和无数志愿者们把自己的一切奉献给了这一片美丽、神奇而又充满危险的地方——长江源。

## 索南达杰保护站

完成长江首漂几年后，杨欣决定再次到长江进行漂流，准备拍摄出版一本关于长江的画册，让更多的人认识长江、了解长江。但是，当他乘坐的船只再次踏上长江源头时，他发现，沿途的冰川比以前少了，草原面积也小了，而沙丘却增多了，他感到非常困惑。

1994 年，杨欣组织《神奇长江源》电视摄制探险队进入青海考察，发现当地的生态环境已经急剧恶化，青藏高原上特有的野生动物——藏羚羊面临灭绝的危险。也正是在这一年，杨欣"认识"了索南

索南达杰烈士纪念碑

达杰。

杰桑·索南达杰,1994年1月18日为保护可可西里藏羚羊,被盗猎分子射杀,他在高原肃杀的空气里被冻成了一尊冰雕,临死时仍抱着枪。他的故事深深震撼了杨欣。

"这里的生态出了问题,并有人为之牺牲,你有义务和责任为它做些什么。"杨欣说,那是萌芽状态的环境保护意识,当时只是原始地希望,能为这个地方做点事情。索南达杰在牺牲时不会想到,他用自己年轻的生命换来了中国首个民间自然保护站的创立。

1995年,民间环保组织"绿色江河"成立,作为中国早期的 NGO (非政府组织),组建人杨欣在经济上遇到了意想不到的困难,他采纳了朋友的意见,把多年行走长江源的经历结集成书,进行义卖。

索南达杰自然保护站

　　1997年，在海拔4500米的可可西里无人区，"绿色江河"建立起中国民间第一个自然保护站。钱是卖书所得，建筑工人则是"绿色江河"用两年时间招募的志愿者，而保护站的名字毫无争议，就叫作"索南达杰"。

　　"在可可西里建立保护站，开展保护工作，是索南达杰没有完成的心愿。"杨欣说。从此，这里成为当地反偷猎的最前沿基地，也为在这里研究冻土、植物的科学家提供方便。

### 为藏羚羊开一盏红绿灯

　　"绿色江河"成立后，系统地进行了青藏公路和铁路沿线藏羚羊种群调查、垃圾分布及污染情况调查、长江源人类学调查等,并在青藏公路沿线进行环保宣传,帮助当地小学建立环保组织。

2004年,"绿色江河"的志愿者们系统调查青藏公路沿线野生动物种群及迁徙情况后,得到藏羚羊的迁徙规律是:平时分散各处,6月份集中起来迁徙到卓乃湖和太阳湖产羔,所以一年中要跨越青藏公路、铁路两次。由于青藏铁路和公路的建设严重影响了藏羚羊的正常迁徙,"绿色江河"开展了一个在许多人看来有点前卫甚至匪夷所思的项目——为藏羚羊设置红绿灯。

志愿者们摸清了藏羚羊迁徙的时间和路径,在藏羚羊迁徙的必经之路上日夜坚守,一旦发现有藏羚羊通过,就通过对讲机告诉后方地区的志愿者亮起红灯,实行交通管制。志愿者们会在红灯边拉开一面横幅,上面写着:藏羚羊要通过公路,您能稍微等会儿吗?藏羚羊祝您一路平安。

"我们没有执法权,只能用人性化的做法和语言。红绿灯原本用于保护人类,我们把这种保护延伸到动物身上,通过这种做法,我们也想告诉司机朋友,动物和人是平等的。"志愿者还会送司机平安符、野生动物贴画,并告诉他们,以后如果遇到藏羚羊,请稍等片刻。这一年的6月和8月,志愿者们就护送了超过2000只藏羚羊安全通过公路。


## 守护斑头雁


斑头雁,雁型目鸭科,是世界上飞得最高的鸟,8小时就能飞越近 9000 米的喜马拉雅山脉，大部分的斑头雁在印度等海拔较低的地方过冬，春季翻越喜马拉雅山脉到青藏高原繁殖。位于长江源的班德湖是斑头雁在世界上海拔最高的繁殖地之一，面积约 8 平方公里，海拔 4600 米。斑头雁的全球野生种群数仅 7 万，而在这里，每年因被盗捡而损失的鸟蛋就有近 2000 枚。

斑头雁

为保护这些世界上飞得最高的鸟，2012 年开始，"绿色江河"在全国招募斑头雁守护志愿者，并联合当地政府和牧民，从每年的 4 月 22 日世界地球日开始，彻夜守护在这里繁殖的斑头雁 45 天，一直到 6 月 5 日世界环境日小斑头雁们安全出壳。

2014 年 4 月起，一顶白色的藏式帐篷宛如白莲花盛开在班德湖边，这是"绿色江河"斑头雁守护行动大本营。平原地区春暖花开的季节，班德湖中央仍覆盖着白色的湖冰，冰封的水草间，不时能看到撅着屁股，脑袋扎入水中觅食的斑头雁。

据志愿者们介绍，他们每 3 天做一次鸟类调查，统计斑头雁到达的数量。在斑头雁产卵、孵化期间，对斑头雁进行彻夜守护，同时开展鸟类、植物等生物多样性本底调查，并借助媒体，对当地居民和外来人员开展斑头雁保护的宣传，向公众传播生态环保意识和相关知识。

截至 2014 年 5 月 25 日，这里的斑头雁统计数量已经达到 1172

只，接近斑头雁全球种群数的 2%。大部分斑头雁已经完成交配、产卵，正在班德湖的 4 个小岛上进行孵化，其中最集中的一个岛上就有 300 多个巢穴，到 6 月初，这里约有 1000 只小斑头雁出壳。

2012 年，在"绿色江河"的守护下，当年的班德湖没有一枚鸟蛋被捡拾走。2013 年共计进行了 9 次鸟类调查，班德湖斑头雁最大种群数量超过 2000 只，比 2012 年多出近 1000 只，这和志愿者两年的守护不无关系。

令"绿色江河"的志愿者们感到欣慰的是，如今可可西里已经有了四个保护站，除了索南达杰，保护区管理局又建了三个。但是，他们并不满足，杨欣将自己行走长江二十多年所拍摄的千余张图片整理好，推出了第二套画册，用此次义卖的钱，"绿色江河"在长江源的沱沱河上建立了我国第二个民间保护站。

## "危险是我们的生活方式"

长时间在野外工作的"绿色江河"志愿者常与危险为伴，过着"吃了上顿没下顿"的探险生活，多年来，他们在保护长江的道路上遇到了无数的危险，从翻船、滑坡、狼吻，到队友的牺牲，但他们坚持了下来，用他们的话来说，"危险是我们的生活方式"。

保护站为反偷猎者提供帮助，志愿者们主要做的工作是观察和调查——"考察藏羚羊的种群数量和分布"。来回 200 公里，往往要花掉一整天，至少由 3 个队友结伴，"一人开车，一人观察、记数据，一人拍照，从 2001 年到 2003 年，我们进行了 139 次调查，取得了 1400 多组数据"。志愿者们拍摄的照片直观地反映了一些变化,"草场沙化,常可以看到原来洁净的地方被垃圾覆盖了"。

调查工作的危险来源之一是寒冷,"最冷到零下 40 摄氏度"。15 年前的 1 月,"绿色江河"的志愿者们跟着当地"野牦牛巡山队"在无人区一共待了 12 天,最后一天,油料、食品不够了,如按传统路线返回需 2 天,他们被迫选择从库赛湖冰面穿过。湖面有裂缝,汽车轧上去,"湖里的水就像水枪一样往上涌,每分每秒都提心吊胆"。"上去时,夕阳西下,一会儿天便黑了,40 公里行走了近两小时。当汽车'哐当'一声停在地面,心里的大石头终于落了地",下车低头一看,"除了

杨欣给长江源巡护牧民佩戴野生动物巡护员袖章。

"绿色江河"志愿者组成的科考队

排气管,汽车底盘全是冰凌"!

2005年,"绿色江河"志愿者们在海拔5400米处进行冰川项目科考。当他们结束工作准备下撤时,暴风雪来了。所有走过的痕迹全被覆盖,"哪里是河流、沼泽,哪里有大石头,完全辨识不出"。他们回到营地,等待风雪的结束,队员们烧火做饭,还起劲儿地争论气候变暖问题。当晚,一位队友就出现了呼吸急促的问题,随队的高山病专家韩梅诊断为肺水肿。这是人长时间激动和大声说话所引起的一种严重的高原疾病,如果不及时诊治,病人几小时内就可能出现死亡。经过一夜的抢救,队友病情稍微稳定了一些,然而,药品和氧气罐内的氧气都已告急,他们不得不立即下撤。但是,暴风雪肆虐后他们已看不到任何路,凭着自己的经验判断,队长杨欣带着队伍翻越雪山、沙漠、沼泽,艰苦跋涉二十几个小时,终于走出了长江源。"翻雪山、过沼泽,靠的全是感觉和运气,幸而闯了出去。"

环保之路上布满荆棘和危险,即便如此,"绿色江河"的志愿者们依然坚持着。"绿色江河"创始人杨欣在一次访谈中曾说:"长江保护是一生一世的,这条道路相当漫长,它没有英雄主义和浪漫主义在里面。我们需要解决资金的问题、人的问题,谁能做,谁又能长期坚持做?这些都需要我们的努力。"

## 关于未来

如今,"绿色江河"的志愿者们正筹备建立中国第三个自然保护站,这个保护站将以保护森林为主题。

按照志愿者们的构想,第三个保护站里要为娃娃们建立一座"绿色学校",为孩子们提供环保教育,"从源头上保护环境,就要从环境教育着手,从娃娃抓起"。"现代城市里的孩子,很多患有'自然缺失症',森林、草原只是一个概念,我们要帮助这个概念落地。"

"绿色学校"将针对不同年龄段的特征,通过夏令营等形式,向青少年传播环保知识。"譬如给小朋友1平方米的草地,里面有上百种植物……让他们先认识自然、热爱自然,再保护自然。"

"绿色江河"的志愿者们最大的梦想,是希望在自己有生之年能够建立起中国第四个、第五个民间保护站,探索出一套成熟的保护长江的模式,并在全国得到推广。用会长杨欣的话来说,环保"是一条只有起点、没有终点的射线"。

## 支医志愿者王一硕：
### 一个青年志愿者的信仰

"一诺千金。是你们，用宽广的心胸，标定了人间的公平；是你们，经历困苦，信守承诺，显示了中华文明代代传承的善良天性！那就是，对待他人，将心比心；对待自己，方正严明——向你们致敬！"这是2007年全国道德模范——诚实守信模范的致敬词。在11位诚实守信模范中有一位河南中医学院的硕士研究生，他叫王一硕。

7年过去了，1980年出生的王一硕，现在是河南中医学院药学院中药传承教育办公室主任、教学科研办副主任。34岁的王一硕可谓事业有成，光环熠熠。但是如果把时光再往前推7年，你就会懂得，王一硕成功的背后是一条多么艰辛与曲折的道路。

### 基层种植中药

2003年6月，团中央、教育部等部门发出大学生志愿服务西部建设的号召，王一硕当即就动了心，并且在他的带动下，全班77名同学全部报名参加"西部计划"，这件事在当时引起不小的震动。

经过层层选拔，2003 年 8 月，王一硕被分配到陕西省麟游县科技局。由于他是学中药专业的，适逢县上大力发展中药材的开局年，局领导安排他负责全县 10 个乡镇的中药材种植工作。麟游县是国家扶贫开发工作重点县，平均海拔 1200 多米，严重缺水，

王一硕在黄芩示范基地。

居民吃水非常困难，都用水窖积存的雨水做饭，那水又浑又有怪味儿，里面还有许多小虫子，一天只吃两顿饭。"原来觉得自己家就很穷了，谁知到那儿更穷。"

可是一硕当时只是刚毕业的学生，"哪知道怎么种植中药材，在学校学的种植知识也很少。可这关乎老百姓一年的收入，种不好老百姓就没有饭吃，看着靠天吃饭的他们，我真是寝食难安，一直叮嘱自己：想办法，一定要想办法，无论如何，只能成功不能失败，不能让老百姓失望"。

王一硕(中)在麟游县土桥村指导种植百亩黄芩示范基地。

　　县科技局决定在桑树塬乡土桥村建百亩黄芩GAP示范基地,让王一硕全权负责。从基地选址、动员群众到耕地整地、施肥、播种,他天天和群众一起干。但是,要使他们改变几十年来的习惯,将耕地改为药田,再按照全新的方法种植,谈何容易?他们面对着个头不高、当时只有23岁的一硕,当着乡长的面说:"你这个碎娃,按你讲的种,不出苗,你能负这个责任么?"王一硕心里虽捏着一把汗,嘴上却充满信心地回答:"你们放心,我负责。"

　　收集资料,多次向张振凌教授请教,又到当地气象部门查阅了10年来的气象资料,以掌握气候规律;为提高黄芩药材的品质,根据查阅的资料,并多次征询药农的意见,大胆革新,变传统的黄芩撒播为用播种机条播,大大减轻药农的劳动量,更有利于田间管理;开着拖拉机,试验亩播种量及播种深度。功夫不负有心人,十几天后,黄芩苗情良好。从此,药农们对他非常信任,一有什么问题,就直接找一硕。每次下乡老乡都送给一硕许多核桃和鸡蛋。要知道,这些核桃和鸡蛋,都是他们平时换油盐的东西呀!"自己只是做了该做的工作,却得到了老百姓如此的尊敬,得到了大家的认可,那一刻我真正体会到了自己的价值。也真正感受到一个西部志愿者肩上的责任——利用自己所学的知识,带领当地的农民脱贫致富。"

当年国庆节放假期间,王一硕没有回家,带着干粮去了西安图书大厦,自费买了600元的书,连续五天,查阅并摘抄了大量资料,整理出一本包括黄芩、柴胡等40多种适合当地种植的技术资料,并自费印刷后发给老乡们,以指导他们日常的田间管理。为了使药农得到最大收益,他又找药材出路,与熟悉的安徽亳州、河南禹州的药商联系,从中牵线搭桥,并达成了以保护价收购黄芩的协议,为药农解决了后顾之忧。由于指导到位,农民得到了实惠,示范基地取得成功,药农们种植中药的积极性空前高涨,全县的药材种植面积很快达到了3万多亩,每年可为当地增加收入近千万元。

## 在药材公司工作

2003年10月,麟游县药材公司要进行药品GSP认证,局里派王一硕到药材公司工作,任经理助理。临走时,局长对他说:"这是一件关系着药材公司56名职工有没有饭吃的大事,局里派你去放心,有困难尽管说,局里支持你。"并让他负责认证工作。面对新挑战,他又从头学起,查资料、学法规,编制培训教材。为了达标认证,一硕每天工作到夜里 12 点,有时通宵达旦。针对公司员工年龄偏大、文化程度低、记忆力下降等情况,他先后进行了 30 多课时的培训。为了使员工尽快按照 GSP 规范操作,他与质检部门的同志深入各门店,现场模拟检查,对抽检中发现的问题当场解决。2003 年 11 月 4 日,公司接受了国家 GSP 认证专家组的验收,并顺利通过,这是宝鸡市县级药

王一硕(左)在麟游县药材公司指导 GSP 认证。

王一硕(左)在万亩丹参基地观察丹参长势。

材公司通过认证的第一家国有企业。紧接着,王一硕又分别帮助宝鸡市鑫中天制药有限公司、宝鸡市仁寿中药饮片有限公司通过了 GMP 认证。有人不解:"他们也不给你一分钱,你为什么那么卖命地干呀?"一硕说:"不管在哪工作,只要上一天班就应该努力做好自己的事情。"

在西部、在基层,让一硕最难忘的就是种药材和 GSP 认证。他说:"这让我得到了很好的磨炼,增长了才干,也为我后来从事 GMP

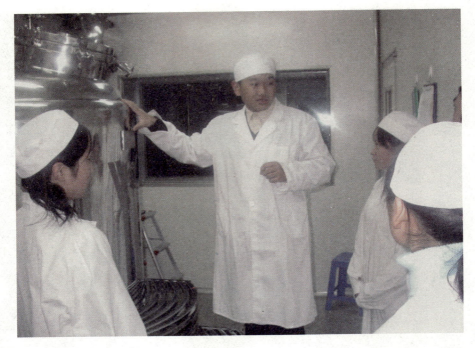

王一硕（中）为制药企业做技术指导。

认证工作打下了坚实的基础。"

## 成为抢手的人才

　　一个在苦水里泡大的农村娃，懂得吃苦、知道勤奋，是父母的好孩子；一个受到国家资助、老师帮助的孩子，懂得上进、知道奋斗，是学校的好学生。如果故事只进行到这里，也已经十分美好。一个学生大学毕业后，找到一份工作，结婚生子养家度日也会殷实小康。可是故事在国家实施的"大学生志愿服务西部计划"的时代背景中徐徐张开另一角。

GSP认证是药品经营企业质量管理规范，由于我国实行药品强制认证制度，如果在一定期限内未通过这项认证，药品经营公司就得停业，全体职工面临下岗。当时刚从大学校门走出的王一硕对GSP一无所知。

"好像老天就喜欢给我这样的考验，看我在一无所有的情况下，能否把事情办成。"王一硕笑着说，"不过，整个公司都信任我，所以我就一边自学一边教，现学现卖。"

就这样，王一硕成为一个接受天降大任的志愿者，懂得迎难、懂得向上，更重要的是他懂得感恩。"你想，要不是在西部，谁会把一个公司这么重要的工作全部交给一个刚毕业的大专生？" 10年过去了，在实践中成长起来的王一硕先后被授予"中国十大杰出青年志愿者"、河南青年"五四"奖章、首届"全国道德模范"诚实守信模范等40多项荣誉称号。还担任了2008年奥运火炬手，参与奥运圣火传递。2011年12月获"河南省优秀科技特派员"，2012年获郑州市科普大学优秀教师称号，2013年12月获"河南省优秀科技特派员"等荣誉。

2008年工作以来，王一硕本科教学主要讲授《药事管理与法规》《中药炮制工程学》《药厂设计与GMP认证》等课程，研究生教学主要讲授《医药企业管理学》《中药研发与新药注册》。同时，他还从事医药行业企划工作，指导近百家企业通过国家GAP、GMP、GSP、ISO系列、QS系列、HACCP等认证。目前，他主要从事中药材种植加工、中药饮片炮制、中药新药注册、中兽药新药研制等研究，担任南阳市兽药工程技术研究中心技术主任，并先后在禹州金地中药饮片有限公司等单位从事科技特派工作，累计指导中药材种植30余万亩。同时，他参加了科协的集邮博览会志愿服务,作为科协志愿者,担任科普大学老师,为社区科普大学讲授《中医养生指南》。他还一直资助困难家庭的孩子。

一年志愿服务注定一生不舍情怀。"西部服务的一年对我影响很深,不仅磨炼了品质,还让我懂得不论做任何事,都要用心去做,踏踏实实,沉下来,耐得住寂寞,一点一滴地努力,总会有成功的那一刻。"

他说:"'西部计划'和志愿服务事业培养了我,在这个舞台上,我学会了做人,我从一个初出茅庐的大学生,一步一个脚印地走向了成熟,懂得了作为一个人要肩负起责任,努力工作。要懂得感恩,感恩你周围的一切,感恩父母、感恩朋友、感恩家庭、感恩社会,这是一个人成长的基石;西部计划和志愿服务事业锻炼了我,在这个舞台上,我学会了做事,让我懂得任何一件小事都不能掉以轻心,不论任何事情,都要用心去做,踏踏实实、兢兢业业,做好自己的本职工作;西部计划和志愿服务事业成就了我,在这个舞台上,我只是做了我应该做的事情,但是党和国家给予我很多荣誉,社会也给了我很多帮助,这也让我下定决心,一生致力于志愿服务事业,争做正能量宣传先锋,从自己做起,从小事做起,肩负起建设和谐社会的责任。"

我们常常讲青年人应该坚定理想,应该坚持信仰,那么理想和信仰是从哪里来的呢?不是从天上掉下来的,也不是头脑中固有的,是我们把双脚踏进泥土,弯腰采撷一缕生机;是我们把双臂伸向宇宙,抬头仰望苍穹,与世间万物交流,与火热生活共融,并找到自己存在之价值和意义,这便是信仰。

我们从王一硕身上看到了一代青年的信仰。

# 大学生村官周毅：

## 他和土地的美丽约会

 

这是一个大学生村官服务西部的故事。故事中的男主角以优异成绩从浙江理工大学毕业，为把学到的知识报效父老乡亲，他放弃在条件优越的东部工作的机会，来到川西南边陲山区沐川县，主动请缨到离县城最远的海云乡工作，联系最贫困的同心村。

他就是周毅。

从一名大学生到服务西部的村官，他的内心进行了多少日日夜夜的复杂争斗，最终他选择支援西部贫困基层人民。

### 要致富，先修路

2003年9月，周毅被分配到四川省乐山市沐川县后，他主动申请到该县最偏远的海云乡任党委委员、乡长助理。周毅刚来到海云乡时，没有很快给他分配具体工作任务，当时他想，难道志愿者就是来看报纸的吗？

于是，周毅主动选择了下村，在不到一个月的时间里，他就跑遍了

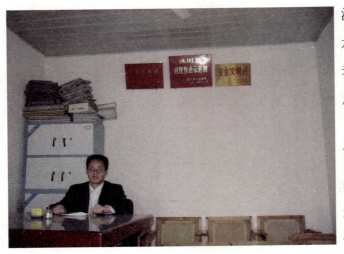

2004年，周毅在同心村办公室。

海云乡的山山水水。可以说，他与老百姓的感情是用双脚走出来的。

周毅挨过老百姓的骂，也有过少数人反对他，但是他却说："如果他们骂我，说明我还做得不好。"

周毅刚到海云乡，作为乡长助理的他负责联系同心村。这一天，他在下村时遇见四组的村民一行四人抬着一头猪去卖，他在帮助抬猪的途中得知，由于远离公路主干线，村民卖一头肥猪仅人工费就大约需要60元。不便的交通已经严重制约了经济的发展。他看到这样的情景，心里暗暗发誓一定要带领村民修路。

修路的消息不胫而走，周毅担任修路总指挥。同心村四组60多岁的张玉成老人激动地说："我们想修路已经想了20多年，谁能帮我们把路修好，我们同心四组的老老少少、子子孙孙都将记住他。"这更坚定了周毅修路的决心。

但是由于受世俗观念的影响，有些村民认为修路不是损了自己的田就是坏了自己的地。由于村民的意见不一致，一直无法动工。周毅看在眼里、急在心上，深知动工修路的第一步是统一村民的思想。

于是,他每天一下班,顾不上吃饭,就到那些对修路有抵制情绪的村民家里,反复做他们的思想工作。修路障碍被一点点攻破后,周毅连续召开了十几个村民会议,讨论修路方案,争取用最短的时间,花费最少的人力物力修好路。

　　2003年12月9日,公路终于破土动工了。

　　寒冬腊月,筑路动工的声音犹如一声春雷在冻结了几十年的土地上炸响了,也预示着同心村的春天来了。

周毅(右二)在修路现场。

在修路的过程中由于占用别人的地，需要赔偿青苗费，周毅就自己掏腰包。周毅凭着他一心为公、一心为民的信念征服了村民。

有位年过八旬的老人，听说村里要修路，每天都要到现场，帮村民做点儿力所能及的事情。可是，老人没有等到路修好就离开了人世。老人临终前说："周乡长是好人，一个外地大学生来到我们穷山沟，实在是不容易，为了修路，脚都跑大了。我死了以后，就把我那份土地拿来修路吧。"

这样的深情厚谊，周毅如何来负担和偿还？他以实际行动履行了他的誓言。每天下班后或者节假日、休息日，不管刮风下雨他都穿上筒靴或胶鞋到修路现场参加劳动，这样村民修路的积极性也更高了。几个月下来，周毅双手磨起了老茧，体重也掉了十几斤。

经过一冬的苦战，公路顺利竣工，一条宽5米、长约3公里的"致富路"展现在村民面前。路修好了，交通运输方便了，给村民带来了经济腾飞的机遇！仅煤炭、肥料、粮食等运输成本的节约，一年收入可增加近10万元。

第一步的成功，带来了"裂变效应"。周毅先后带领同心三组修筑公路3公里、同心二组4公里、同心九组1.5公里、同心七组2公里。在他的影响和带动下，海云乡其他三个村也开始了轰轰烈烈的村组公路建设，当年全乡新修村组公路20公里左右。

修路，让周毅赢得"拼命三郎"的外号。

2010年，在永和镇任镇长时，周毅（中）到村现场了解规划新农村建设。

## 走上小康之路

2004 年 10 月 26 日，周毅是在一片爆竹声中当上同心村的党支部书记的，任期 3 年。

村民黄登贵握着周毅的手说："我们早就盼望有你这么一位好书记了，你就带着我们干吧，我们都听你的。"

周毅在当选为村支书不到一个月的时间，就认真研究了同心村的实际情况，制定了同心村发展三部曲。一是基础设施建设，主要是修路。二是经济建设，主要发展科学养猪。争取三年后同心村生猪出栏数超过当时海云乡全年的出售量，形成"支部+协会+农户"的发展模式。另外还要发展种植业，主要是鼓励群众种植魔芋、猕猴桃、银杏树等，通过这些可以实现人均纯收入增加 500 元以上。三是新村建设。在前两步的基础上，朝着建设小康新村的目标迈进。

四川是我国的生猪养殖大省，生猪养殖也同样是沐川县农民的重要生产项目和能够迅速发展致富的希望产业。在沐川县，几乎家家户户都养殖生猪，还有100头以上的规模养殖户。

周毅经过多方面的调查后认为，要提高和增强村民对生猪养殖的信心，就要走出一条规模养猪产业化道路。而他必须身先士卒，敢为其先，于是周毅决定自己先办一个养猪场，然后带动村民共同科学养猪。当他把这个想法首先告诉父亲时，父亲坚决反对："为了供你读书，家里借的钱还没有还清，你还要借钱办猪场，如果赔了你拿什么还钱啊！还是不要办了。"对于父亲的反对，周毅虽然理解，但是他的主意已定，为了带领乡亲致富，再难也要去努力。

在大学老师、同学和县政府的支持下，周毅筹集了7万多元资金，于2004年11月16日建成了本村第一个养猪场——"同心村恩泽猪场"。并以此为龙头，成立了同心村养猪协会。为了方便老百姓，支持老百姓一同科学养猪，恩泽养猪场还免费为老百姓配置、加工饲料，免费带运饲料。2005年，全村出栏生猪2500多头，较上年净增500头。

除了养猪之外，周毅还注重影响和带动村民转变旧观念，掌握新技能。他带头搞科学种田，在全村推广水稻抛秧、玉米肥团育苗等技术；实施林竹丰产技术，竹片单产提高了30%。在周毅及村两委一班人带领下，同心村逐渐改变了贫穷落后的面貌：林竹、水果、生猪等特色产业形成；转移富余劳动力200多人，年劳务收入300多万元。2005年，该村人均纯收入2700多元，同比增加300元。

## 与基层人民心心相印

2003年9月的一天，周毅到同心八组袁光贵家收农业税，当他踏进袁家门时，看到一个小女孩一个人待在家里。他得知，小女孩因为得了白血病而不能上学了，而且为了给小女孩治病，家里已欠下几万元的债，袁家连买盐巴的钱都没有了。周毅当即掏出身上仅有的105元钱。

从那以后，周毅经常去袁家，给孩子带好吃的东西，还给她辅导功课，但死神还是无情地夺走了小女孩的生命。

周毅在11月16日的日记中记录了小女孩离开人世时的情景："早晨，听到外面哗哗地下着大雨，我心里闷闷不乐，好像有什么事情压在心上。当我正在责怪这天气害得我今天的晨跑又泡汤时，突然，一阵铃声响起，是袁光贵的电话。说他女儿病情加重，她还在不停地叫'周叔叔'，还说她想读书。于是，我顾不上吃早饭，买了衣服、糖果和补品，冒着大雨来到他家。当我到达袁光贵家时，小女孩儿的嘴里吐着气泡，浑身不停地颤抖，一双小手不停乱抓，一双大眼睛目不转睛地盯着我，好像有什么要说似的，但已经没有一点儿说话的力气了，我顿时眼睛湿润了。我马上打电话给乡卫生院的院长，请他立刻过来抢救……院长检查以后，摇了摇头。我看着袁光贵夫妻抱着孩子痛哭在一起，想到一个小小的生命即将离开人世前的期待，我心里难过极了。我呆呆站在旁边，突然院长拍拍我的肩膀说，周乡，我们走吧，回去早点儿把衣服换了。此时才发现我的衣服在刚才来时已经被

周毅（右一）担任永和镇镇长时，到新华村召开村民会议。

雨水淋透了……我发誓以后我要尽我最大的努力帮助老百姓。"

事后，周毅不仅资助袁光贵去找保险公司，还几次亲自到沐川县人寿保险公司洽谈赔偿事宜。在周毅的积极努力下，最后人寿保险公司赔付了 3500 元。当周毅将这笔钱交到袁光贵手里时，袁光贵的眼睛噙满了泪水。

还有一件温暖人心的事，就是山区缺教师，分管文教的周毅经常到乡、村学校上课。靠助学贷款上完大学的周毅深知贫困生求学的艰辛。同心村三组一对残疾夫妇的女儿读初二，因经济困难面临辍学。周毅毫不犹豫地从微薄的工资里拿出 400 余元为女孩缴清了费用。为救助严湾村三组的一位贫困生，他又慷慨解囊 200 多元。来海云乡不到一个月，周毅就和村民们打成一片，村民亲切地称他为"贴心人"。

在周毅眼中，他只是做了自己该做的一些很平常的事，但正是这些平常之事，让村民们记住了这位初出茅庐的"周乡"。

"周乡，过来耍嘛（方言意为：过来玩嘛）！"循声望去，不远处一户人家正在盖楼房。

这家姓罗，家里有七口人，三位老人，分别是 84 岁、86 岁、83 岁。两个孩子，一个在外面打工，一个在村小学当代课老师。路修好以后罗家就开始盖楼房了。

"以前想过修楼房吗？"

"没有想过，因为花钱太多，没有路的时候要雇人背砖、水泥、沙子，现在雇车拉，拉得又快又多。现在修房子比以前要省一万多元，这一万多元可是我们家好几年的收入。要是没有周乡，我们这辈子也不会想修楼房的。"

罗家的房前屋后都种着各种果树，都是周毅帮忙嫁接的。

我们常说，群众利益无小事。的确，柴米油盐、种子化肥等一些鸡毛蒜皮的小事对一个家庭来说却是大事。周毅既干大事，又做小事，用他的爱心和责任心滋润着老百姓的心田，而老百姓用同样的爱来感谢他。

在同心村里，孩子们见到周毅都大声地叫周叔叔，那声音甜甜的、脆脆的。虽然孩子们浑身上下没有鲜艳的色彩，但是破旧的衣服、暗淡的面庞和脏兮兮的小脚丫却掩盖不住他们那纯净的眼神和如金银花一样的气息。有的孩子是光着脚在地上跑来跑去的，只有整天与泥土打交道，与土地有过亲密接触的人才会真正地热爱土地。从小到老无数次在土地上光着脚吧嗒吧嗒走路的人,脚心是热的,身心都是热的……

当年,周毅带着家乡的泥土走到杭州走进大学,大学毕业后又带着知识和城市的文明走回农村。他之所以能够回来,是源于他对农村的了解、对农民的热爱。

2006年7月,周毅考上了四川省委组织部的选调生,有了新的工作岗位,但是,他仍然没有离开基层。

"我希望能在基层,做更多的事情。"周毅说。

# 投身家乡建设的叶尔包勒·托留根：
## 到最艰苦的地方去燃烧青春

　　地图上位于祖国西北边陲与哈萨克斯坦共和国东部接壤的一个国家级扶贫开发重点县——阿勒泰地区吉木乃县，是典型的少数民族聚居边境县，这里生活着 16 个民族，这里是叶尔包勒·托留根的家乡，生他养他的地方。

　　24 岁的叶尔包勒·托留根 2004 年从新疆大学生命科学与技术学院生物专业毕业，去乌鲁木齐工作对于刚毕业的他来说无疑是一个很好的选择。然而，在当年，国家号召大江南北的有志青年们加入到西部建设中来，各地的大学生志愿者拥向祖国最需要他们的地方。作为一个地道的哈萨克族大学生，叶尔包勒·托留根怎能对自己的家乡置之不理？

　　到繁华的省城固然好，但是投身基层，才是他内心最坚定的选择。叶尔包勒·托留根毅然放弃了省城的工作，选择了到自己的家乡燃烧青春，到最艰苦的地方磨炼自己，一心一意投身家乡的建设。

### 改造别拉尔克村"脏乱差"

　　叶尔包勒·托留根刚回到家乡的那一年，被分配到县政府办公室，主要负责翻译工作，这给了叶尔包勒·托留根一个很好的学习机会和交流实践平台。

　　和大多数的刚毕业大学生一样，叶尔包勒·托留根满腔抱负，立志要大展拳脚发展家乡，一个翻译岗位的工作让叶尔包勒·托留根有点迷茫，但他很快调整好心态，从脚下的路走起，一步步踏实地走，他相信只要不懈努力，一定可以找到属于自己的天空，为家乡做出成绩。

　　机会都是留给有准备的人的。第二年，吉木乃县招录村干部，叶尔包勒·托留根毫不犹豫地选择基层工作这条路，报考了村干部，并以第一名的成绩进入面试，他向面试领导提出愿意到最艰苦、最需要自己的地方接受锻炼，这是对一个大学生最有意义的锻炼。

　　组织最终将叶尔包勒·托留根安排在吉木乃镇别拉尔克村担任科技副村长，兼村团支部书记。这下有了一片广阔天地发挥自己的力量，叶尔包勒·托留根兴奋地去报到。

　　离吉木乃口岸仅2公里

吉木乃镇别拉尔克村

的别拉尔克村是典型的边境村，全村 500 多口人，118 户，以农牧业为主要经济来源，村里由于没有流水灌溉，农牧民只能靠天吃饭，别说发展经济，就连温饱都很难满足。

刚到别拉尔克村，叶尔包勒·托留根着实被浇了一盆冷水，村里垃圾满地，放眼望去，只能用三个字来形容：脏乱差。而这样的邋遢环境不是一天两天能够改变过来的，叶尔包勒·托留根制订了改造计划，决定带领全村百姓首先改造厕所，修建环保沼气池。

对于沼气池这个新鲜的概念，村民们表示很不理解，他们生活了这么多年的村庄要让他们动手改变，是很难接受的事情。叶尔包勒·托留根挨家挨户上门给他们普及什么是改厕工程，什么叫沼气池，沼气池有哪些好处等。很多村民看到叶尔包勒·托留根来了，赶紧把大门关上，碰壁之后的叶尔包勒·托留根接着再去下一家，做通一户是一户。就这样，经过一段时间苦口婆心的介绍，所有的村民都能够理解并主动接受这个工程改造，开始积极尝试建设。

在他的不懈努力下，沼气池建起来了，村民的生活环境有了改善，到目前为止，别拉尔克村的村民已经基本使用上了清洁能源，村居生活环境得到了净化。村民们知道了叶尔包勒·托留根是个肯吃苦愿意为村民谋福利的好干部，他们主动与叶尔包勒·托留根聊心里话，叶尔包勒·托留根也利用休息时间深入村民进行调研，掌握了村里一直以来贫困的主要原因，并利用网络给村民们查找各种有关种植、养殖的最新科学技术，将这些资料打印装订成册，发放给广大村民们，或者以宣传单的方式印发最新的农牧业新闻动态，满足他们对科学技术的需求。

吉木乃口岸

　　叶尔包勒·托留根认为作为一名基层干部，最大的事就是牢记服务宗旨，为群众谋福利，想群众之所想。他一直坚持参与各种扶贫帮困活动，始终把扶贫帮困作为日常一项重要工作来抓。虽然自己的工资收入不高，但他先后捐款3000余元用于各类扶贫帮困救助活动，利用自己的业余时间经常到省城购买相关书籍、征订各类报刊，多方筹集资金建起了对阅览室，解决了村民们看报纸、书籍难的问题，并在自己的能力范围内，帮助贫困农牧民解决生产、生活中存在的各种实际困难。

　　还有的家庭因缺少劳动力，农忙时节不能及时收获，叶尔包勒·托留根第一时间组织村里的团员青年帮助这些困难家庭干农活。

为了让别拉尔克村的村民们能够早日富裕起来，叶尔包勒·托留根带领村里的团员青年组成了"青年装卸队"。这个队共有 60 余人，实行统一调度，利用农闲时间到口岸去打工，这样一来，队里年轻小伙子们每人每天可以拿到差不多 50—100 元的报酬，这对于他们的家庭来说是一笔可观的收入；另外，叶尔包勒·托留根还组织村里那些年轻、有理想肯吃苦的青年到口岸开起饭馆，还可以经营民族小商品。

　　在别拉尔克村短暂的任职期间，叶尔包勒·托留根因为表现出色，得到了村民一致的肯定，恰巧阿勒泰地区成立第 16 届阿肯弹唱会筹备委员会，他被抽调到了第 16 届阿肯弹唱会筹备委员会办公室工作。日常大大小小的材料、文件都由他起草，并认真校对、翻译。

## 托斯特乡托斯特村的热情拥抱

　　2008 年初，在托斯特乡托斯特村锻炼了一年的叶尔包勒·托留根被组织任命为吉木乃县人民政府办公室副主任。

　　回忆起最近一次到托斯特乡托斯特村调研的场景，他记忆犹新。

　　由于有了在别拉尔克村的工作经历，他对于基层工作已经颇有一套自己的心得和办法。2007 年年初，在被派到托斯特乡托斯特村锻炼的第一天，他就扎根农庄，走访村户，了解他们在生活、生产上存在的困难，把党的各项惠农政策传达给他们，把最新科学技术教给他们。

　　当时，他经常去农户家帮忙，指导生产。有这么一户人家，男主人是努汗大爷,他在村里是干活能手,种粮积极分子,但是由于缺少资金和技术的支持,日子过得并不算好。当年,吉木乃县委组织部党员服务中心通过各种渠道筹集了一笔"党员互助金",这笔资金以贴息贷款的方式发放给村里有能力干活、有致富愿望的农牧民。

短短一年的时间,得到这笔资金资助的农牧民有 25 户,也培养了一批致富能手,帮助其他农牧民发家致富。作为村干部的叶尔包勒·托留根,他工作的踏实和务实给努汗大爷留下了深刻印象。当年,叶尔包勒·托留根任职期满离开村里,大爷说一定要送送好干部,结果没赶上,这么长日子,大爷一直觉得过意不去,后来打听,叶尔包勒·托留根到县里当了领导,那见面的机会更少了。

这次,居然在丑间看到了调研的叶尔包勒·托留根,努汗大爷激

叶尔包勒·托留根

动不已，离老远就张开双臂要给叶尔包勒·托留根一个大大拥抱，一边拉着他的手一边描述着如今的新生活。大爷家的日子越来越好，奶牛的产奶量比过去大大提升，家里也养起了家禽，最让大爷高兴的是当年那个青涩小儿子也很快就要当爸爸了。

听着努汗大爷滔滔不绝地讲着这几年托斯特村的变化，叶尔包勒·托留根更是高兴万分，这些人名、这些地方他是那么熟悉，这是他辛勤奋斗过的一片土地，他时刻惦念着这片土地的村民们。在他的帮助下，当年的一批批热血青年如今已经成长为村里稳重成熟的村干部。

## "双语达人"

叶尔包勒·托留根刚来吉木乃县当志愿者的那一年，有一天夜里，加班回家的路上他看到一位大姐满脸泪水抱着孩子往村委会方向跑去，鞋子跑掉了都顾不上回头捡，原来是孩子鼻子出血，血流不止，而这位大姐是哈萨克族人，不会说汉语，送到医院也没法交流，她准备去村委会求助村干部。

叶尔包勒·托留根赶忙喊住大姐，拦了一辆车就近送到医院，他充当起翻译人员，一面跟医生描述病情，一面将医生的话说成哈萨克语给大姐听，以缓解她的焦虑。通过医生及时的救治，小女孩的鼻血得到了控制，大姐松了一口气，一个劲地感谢叶尔包勒·托留根。这件事之后，叶尔包勒·托留根感受到了农牧民群众对村干部的信任和依靠，更意识到语言的重要性，他决定要普及"双语"。

每天,在办公室里,叶尔包勒·托留根主动承担起了给汉族同事们教哈萨克语的责任,从简单的"欢迎"开始学起,坚持每日一句哈萨克语。在与汉族同事们的互动中,叶尔包勒·托留根自身的汉语水平有了显著提高,也培养了汉族同事们学习哈萨克语的积极性。汉族同事们在日常办公时有时会说几句流利的哈萨克语,村民们特别亲切,叶尔包勒·托留根也觉得自己做了一件有意义的事情。

工作之余,他仍然不放弃学习,买了经济、法律、翻译的书籍,笔耕不辍,在各类报刊上发表了 50 多篇文章。这些年来,他的"双语"翻译能力已经得到了很大的提高, 全县各项重大会议的翻译工作几乎每次都是由他承担,《芦荟的医药作用》《自然灾害对人类的损失》《生活垃圾的处理办法》等 40 余篇作品和文献都由他撰写和翻译,他说:"我要把自己的光和热充分发挥出来,不能辜负老百姓对我的期望。"

## "大哥哥"叶尔包勒·托留根

现在的吉木乃县每年都会迎来一批如当年的叶尔包勒·托留根那样带着热血和青春的青年人,作为他们的大哥哥,叶尔包勒·托留根经常会邀请他们到家中坐坐,聊聊日常工作,帮助解决他们在生活中的实际困难。他希望有更多的人加入到西部建设中来,让梦想在这里起飞,奉献自己的青春。

# 科技工作者陈晏杰：
## 他播撒下信息的种子

　　中国的西部地域广袤，山川秀美，河流纵横，这些险山激流成为了外来客眼中的绝美风景，却阻挡了山里人探知外部世界的脚步。在中国西部的许多山村里，人们至今遵循着最原始的生活方式，他们想知道山外的世界，于是爬过山岭，越过险滩，却发现山的那边还是山。

　　有这样一位青年，他从这样的大山中走出，看到了外面的世界，接触了高速发展的信息网络，2004年大学毕业后，他拒绝了高薪邀约，回到西部的小山村，帮助当地人架设起与外部世界连接的桥梁。他，就是在湖南省津市市白衣镇从事远教服务的科技工作者陈晏杰。

## 开启乡村远程教育先河

　　陈晏杰毕业于西华大学电子信息工程专业，尤其擅长计算机，曾在学生活动中心做"音控师"。大学时的暑假，他和同学们一起来到四川省营山县进行教育科技宣传与服务，当地极其落后的教学条件使他们受到了震动，回到学校，他们自发捐款1500多元，并帮助当地学

陈晏杰

校联系了一家资助企业。这件事让同样来自农村的陈晏杰感慨颇深，他深知西部地区农村发展相对滞后和贫穷的现状，他深知那片土地是如此地渴望着知识与智力的支持。学习了信息工程专业，被现代信息技术的力量深深震撼的同时，陈晏杰更感到边远农村与城市的差距。他暗暗下决心，毕业后要把最先进的技术与理念带到西部的广大农村，帮助那里的人们了解外面的世界。

2004年8月，作为西华大学派出的7名科技工作者之一，陈晏杰来到湖南常德津市白衣镇进行农村现代远程教育工作，负责对农村现代远程教育终端接收站点及安装现代远程教育设备的中小学进行技术指导和人员培训。

白衣镇地处津市南端，当时总人口2.58万，总面积89平方千米，是津市最大的乡镇，建有村级远教终端接收站点15个。陈晏杰深知远教工程的重大意义和自己肩负的责任，但当时，农村的远程教育工程还处在试点阶段，具体怎么做，他也心中没底，只能"摸着石头过河"。

来到白衣镇的第二天，他就自带干粮，徒步到各村开展调查研究。在和当地人谈心的过程中，他越来越感觉到了远教工作的压力：一方面，远程教育这一现代教育方式与农村工作对象的素质现状有一定差距，要想让当地人认识它、接受它，需要一个长期的过程；另一方面，开展远程教育的人才严重缺乏，满足不了当地群众学习的需求。

陈晏杰意识到，要顺利开展工作，首先要解决的是宣传问题。他在当地政府的支持下，利用宣传栏、黑板报、宣传标语、宣传单等多种形式，宣传远程教育的内容、作用和意义。在田间地头、街头巷道，在农民家里，陈晏杰拿着宣传单一边发放一边讲解。口干了，嗓子哑了，他仍不知疲倦地讲。一些人两遍三遍听不懂，他就一遍又一遍地讲。经过陈晏杰的努力，"远程教育"这一外来客逐渐被大家所熟悉。

陈晏杰骑摩托车下村。

## 培训操作员

白衣镇被誉为"中国荽果之乡",有荽果基地 3 万亩,年产荽果 3 万余吨。荽果,层结构,似洋葱,但比洋葱小。做事情似荽果,要一步步做,人们接受远程教育也得一步步来。在"远程教育"逐渐被人们熟悉以后,接下来就是学会操作、学会运用,陈晏杰认为培养一批成熟的站点操作员是当务之急。

在陈晏杰的建议下,镇党委在全镇范围内建立了 15 个培训站点,培训工作陈晏杰一个人全包了。培训工作开始后,他每天都不厌其烦、周而复始地穿梭在方圆 89 平方千米的丘陵山区之中,执教于 15 个站点。

"在农村,大量的中青年劳动力都已外出务工,剩下的劳动力又绝大多数没有接触过电脑。所以培养一支稳定的、过硬的站点操作员队伍难度非常大。为此,我想尽了办法。头一个月内,全镇 15 个站点操作员家里,每月平均我都要去三至五次,最多的去过八次。为了帮助他们掌握基本操作,我把操作程序编制成简易的流程图,让操作员贴在电脑旁,按图索骥,遇到不懂的,我一遍一遍地讲,一次一次地教。为帮助他们掌握文字输入,对有一点儿汉语拼音基础的,我将水稻、柑橘、棉花等常用字的拼音写在纸条上,让他们对着键盘练习操作;对完全不懂拼音的,我干脆安装紫光笔软件,让操作员直接用鼠标慢慢书写。"

在工作中,陈晏杰发现,只有让村民们了解学电脑的好处,才能真正激发起他们学习电脑的热情和决心。

于是陈晏杰边教他们操作，边从网上下载一些重要信息，如早稻、中稻、晚稻的价格，帮助老百姓寻找农产品的销路，通过互联网联系浙江、山东的商家。通过上网，有一个村一次卖柑橘收入20多万元，老百姓尝到了网络带来的甜头，知道学习电脑能帮助致富，大大提高了大家学习的耐心和劲头。陈晏杰逐个程序地教，并采取上门辅导、上机跟踪等办法。在较短的时间内，全体学员对电脑的开关机、接收卫星频道、上网查询资料等常用操作规程都能够熟练运用了。

但是，电脑操作是个熟能生巧的过程，由于农村生产繁忙，特别是农忙季节，很多操作员十天半月上不了机，本来就不熟练的，就更加生疏了。如果催得太急，他们又会产生烦躁、抵触情绪。在这种情况下，陈晏杰有他的办法：

"对此，我不能急躁，仍然要用热情的服务赢得他们的理解。有一次，我去双马村操作员卜新华家上门培训，他是村主任，借口有村务处理，对我的督促很厌烦。我耐着性子，忍着委屈，反复劝解，最后他终于又坐在了电脑旁。有时培训晚了，我就留在农户家过夜。渐渐地，我和15位操作员都成了朋友，他们还尊敬地称呼我为'陈老师'。"

艰苦的培训，赢来了收获。半年多来，陈晏杰培训了18名站点操作员、32名机关干部、56名村组干部、87个产业大户和近200名村民，目前，他们都能熟练完成操作程序，为开展教学活动提供了有效的技术服务。2004年年底，在津市组织的远教站点操作员技术比武活动中，白衣镇的操作员集体取得了优异的成绩，其中金泉村操作员黄雪贵获得全市第二名。

陈晏杰（左三）与同样从西华大学来到白衣镇的同事们。

## "我为小镇做网站"

2005年春节期间，陈晏杰利用值班的时间，设计制作了白衣镇政府网站（baiyizhen.qs163.com），开通了镇村局域网，帮助15个村级远教站点设立了电子信箱，使15个村申请成为中国农业信息网会员。网上农业在该镇开始盛行，发展了38个网上营销大户。开通网站后，陈晏杰为各单位、各农户提供了电脑安装、培训、维修等一条龙服务，确保他们能放心上网寻找致富之路。

该镇的一家公司建立远程营销网站时，陈晏杰忙前忙后，帮着选购电脑、配齐设备、安装调试、技术培训、设计软件、策划宣传。公司总经理感激地说："小陈工作热情，技术全面，服务周到，为我们企业快速进入国际市场架通了生命保障线,我们表示十二分的感谢。"

种粮大户田泽民有 100 多亩水稻,过去种常规稻,增收不是很明显。陈晏杰主动联系他,希望他学习电脑,通过上网查询选购优良品种以提高收入。一开始,田泽民很不以为然,在陈晏杰的一再劝说下,他抱着试一试的心理参加了一次电脑集中学习班,通过上网查询,选中了优质稻"金健 3 号"。结果销售价格比常规稻每百斤高出 10 到 12 元,当年增收 1 万多元,尝到甜头的田泽民对电脑信服了,对陈晏杰信服了。2005 年春节刚过,田泽民就请陈晏杰帮助自己选购电脑。

经过陈晏杰一年多的努力,全镇已形成了学电脑热、购电脑热,掀起了远教学用热潮。该镇所有的镇村干部、80%的产业大户、50%的农村党员和 500 多名群众学会了电脑操作和网上查询。

## "远教 110"

电脑在白衣镇普及后,各村站点时常排队争抢着要陈晏杰去指导和培训。陈晏杰在工作中常听到群众说:"有时电脑出了问题不能及时和你联系,很耽误事儿。"他想,只有变被动服务为主动服务,才能收到事半功倍的效果。

经过思考,他印制了 400 多张服务名片,发放给村民,名片正面印有他的姓名、住址、联系电话、电子信箱等,背面印有"技术培训、信息咨询、设备维护、科技推广"等服务项目,并承诺"随喊随到、昼夜服务"。

陈晏杰还将党员群众最想了解的政策法规、最想掌握的农业科技、最想获取的市场信息、最需要解决的实际问题通过搜集资料、上网查询，制成"卡片菜单"，并有针对性地从网上下载最新科技动态和致富信息，编成《农村实用技术信息快报》，发给村民们对照学习、参考和应用。

为了更好地服务村民，陈晏杰自费购置了一部手机，并保持24小时畅通，还从补贴中挤出500元钱，先后买了两辆旧摩托车。平时村民们打个电话、捎个信，他就会在第一时间来到他们身边。因为服务及时、快捷、周到，陈晏杰被村民们亲切地称为"远教110"。

由于陈晏杰的摩托车消音器坏了，发动机响声大得二三里外都听得见，村民们将他的摩托车戏称为"轰炸机"，他每次下村，老百姓是"未见其人，先闻其声"。8个多月来，他骑着"轰炸机"，行程3000多公里，500多次进村上门服务。

陈晏杰（前排左四）在津市。

2005年的大年初四,天降大雪,荷花村党员干部集中到站点学习"中央一号文件",在浏览网页时,突然发现网络链接不上。他们看着窗外纷飞的大雪,抱着试试看的心理,拨通了陈晏杰的手机。当时路上积雪有一尺多深, 又有冰冻, 荷花村站点距离镇政府有 5 公里路程,村干部们都失望地叹息着。可 20 分钟后,那熟悉的"轰炸机"的声音渐渐近了、明晰了。他们跑出屋外,看见陈晏杰骑着那辆摩托车摇摇晃晃地来了,村干部们一个个又惊又喜。

名片服务为远教开启了崭新的空间。小小名片促进了农产品的大流通。双兴村过去柑橘仅以每斤 0.25 元的价格出售,每到柑橘销售旺季,橘农望橘兴叹。陈晏杰通过互联网帮着联系销售,使柑橘每斤售价至少增加了 0.12 元,最高达到了每斤 0.42 元。山东、河北的商贩络绎不断,一辆辆汽车满载着黄澄澄的柑橘驶出山村。去年双兴村柑橘增收达 25 万元,人均增收 200 元以上。

名片咨询有效地促进了病虫害防治。过去对柑橘常见虫害蚧壳虫引起的白粉刺,一般采用融杀蚧螨防治,但遇高温会影响效果。陈晏杰通过上网查询, 提供了洗衣粉与柴油混合后兑水喷雾的防治方案,取得了良好的防治效果,仅此一项就为该镇增收 15 万元以上。

星星之火,可以燎原。通过陈晏杰的名片服务,远教的影响越来越广泛,种植、养殖、流通、科技等各类大户迅速涌现,许多企业老板也认识到电脑网络的作用,主动要求与村级站点联合,或单独建立终端站点。每个村都有 5 至 10 户农户自购电脑,通过宽带上网享用信息大餐,全镇自购电脑数已达 150 台。远教的辐射,正冲击着传统的观念,为小山村打开通往外部世界的大门。"致富路上走,远教是帮手"的认同感越来越深入人心。

他从川东的崇山峻岭中走来，从山里娃到天之骄子，从象牙塔到广阔天地，他用一颗拳拳赤子之心回报这片生养他的土地。青春与汗水，为他的理想扎根，当信息技术之花美丽绽放在西部广阔的土地上，他心灵深处最美的夙愿也已经起航。

# 文化工作者李媛：
## 生活是一首壮族的情歌

　　广西壮族自治区百色市是著名的百色起义发生地，当年，中国工农红军第七军正是在此创建。百色城距省会南宁市 266 公里，是一个拥有 30 多万人口的中等城市。2004 年，一位广东姑娘孤身来到离家千里之外的百色市右江区四塘镇，为这里的人们展开文化生活的多彩画卷。

## 让文化走进生活

　　1998 年，中共中央宣传部、中央文明办和文化部联合发出通知，决定从当年开始，采取定点资助的办法，选择在 500 个国家贫困县中建设 1000 多个乡镇宣传文化站和 100 个以上的县级"宣传文化中心"，简称"百县千乡宣传文化工程"。文化站设有图书室、多功能教室、展览室、文化活动室等，并配有必要设备和专人管理，能够正常开展图书借阅、教育培训、科技推广和文化娱乐活动。李媛正是被分配在百色市四塘镇文化站工作。

李媛

　　文化站有一个日常的工作是下村放电影。由于站长经常被抽调去做其他工作，因此，李媛经常要自己背着机器下村。有时候下村碰到同事或是老乡，看她小小的个子背着那么大的机器，就开玩笑说："小李啊，这机器好像比你还重。"后来，镇里安排了几个有摩托车的人，谁有空谁就驮着李媛下村，她笑称自己打那以后就有了一帮"车夫"。

　　2012年8月份，镇里搬来了一个移民屯。由于时间仓促，村里刚刚通了水电，其他设施还不完善，有线电视线也没有拉到那里，村民们的文化生活十分贫乏。李媛就想，应该到这个村去放场电影，让劳累了一天的村民们放松娱乐一下。一个星期五，李媛背着机器来到这个村庄,看到李媛,当地的老百姓特别热情,纷纷拿出自家种的瓜、自家养的鸡请她吃。吃完饭等天差不多黑的时候,李媛开始准备放电影的东西,此时村民们已经在村委会前的小广场上围了里三层、外三层。那天晚上,屯里所有的人都来看电影了。电影散场,村民们回味着、讨论着电影中的情节,三三两两地离去,留下一段快乐的时光。李媛在收拾电影放映机的时候,还不断有村民过来问她,下次什么时候来啊,来的时候一定得到我家吃饭。

在文化站工作一段时间后,李媛了解到,镇里原来有一个健美操队,后因为农忙和移民工作的开展,就一直没有再跳。李媛想,这里中老年人文化生活比较简单,跳健美操既能锻炼身体,又丰富了大家的业余文化生活,是件好事,能不能把这个健美操队再组织起来呢?她当即给在广州的老师打电话,托她邮寄几张新颖、易学的健美操VCD。

收到碟片后,李媛播给原先健美操队的几个骨干看,但她们都不好意思跳。李媛这下犯了愁,想来想去,她决定对队员们一个个人手,逐个击破。有一天晚上,她去一个大姐家里吃饭,饭后她说:"吃太多了,不好消化,外面又太黑了,散步也没意思,要不我去拿张碟来,我们跳跳操吧。"刚开始大姐不好意思跳,李媛就缠着她:"试试嘛,反正在家里又没人看见。"大姐被她缠了一阵,就说:"行行行,你去拿来试试吧。"李媛三步并做两步地跑回宿舍拿碟,大姐让她老公到房间里看报纸,关上门,就和李媛在客厅里跟着电视跳起来了。刚开始大姐跳得比较拘谨,慢慢地就能放开了。跳累了,两人坐下来休息,李媛说:"出了一身汗,舒服吧?"大姐说:"是啊。""那改天到上面会议室跳,那里地方大点。""好啊。我再去找几个人一起跳,你先教会我,我再去教其他人。"在李媛不懈的努力下,从这位大姐开始,四塘镇的中老年人健美操队又慢慢建立起来了。

健美操队建立后,不仅经常组织排练,还多次举行"送戏下移民村"的活动,大大丰富了队员和村民们的文化生活。表演活动多了,李媛发现健美操队里阴盛阳衰,没有一个男队员,表演起来视觉效果比较单调。她又开始到处鼓动男同志参加健美操队。可是政府里面的男同志都被抽调去做其他工作了,没什么时间。她就跑去学校里找,找

李媛(右二)与当地的孩子们

到一个认识的校长，但是怎么磨他都不肯。李媛就说："你不跳，你得找两个给我。"校长答应得挺爽快，当天晚上就带了两个男老师过去，在大家排练时，李媛见校长也在那动来动去，就对他说："校长，要不你也跟着跳吧，就当运动嘛。"看到大家热情排练的劲头，校长心动了，开始和他们一起跳。如今，这位校长对健美操队的活动比谁都起劲，还参加了表演队。

其实，唱歌、跳舞这种文化娱乐手段在给人们带来身心愉悦和快乐的同时，更是在带领人们走出一种封闭或羞涩。

李媛说，帮助他们走出来的时候，自己也在走出来，从城市走出来，走进农村；从校园里走出来，走进社会；从自我中走出来，走到更多人中去。

"在这里，我知道了广东以外的农村是什么样的，知道了农民的生活，知道了他们的痛苦与快乐。我开始明白，生活不总是诗，不总是壮族的情歌，它有甜也有苦。"

## 为了春蕾绽放

有一次，李媛去一位学生家里家访，当地的山很高很陡，车子只能上到一半，他们便下车徒步前行。在途经一个寨子歇脚时，见到一群妇女正围坐在一起做手工活。其中有一个女孩儿长得特别秀气，怀里抱着一个小孩儿。李媛与她搭话："这是你的弟弟吗？"女孩腼腆地摇摇头。当地一位同行的老师说："这就是她的孩子。"李媛大吃一惊，老师向她解释说："她今年16岁，这里由于交通不便，很贫困，人们文

李媛在孩子们的要求下打电话给他们的资助人，让学生和他们通话。

化程度也不高，很多女孩子都没有上过学，像她一样年纪就结婚生子的也不少见。"

听完，李媛觉得心里酸酸的，她想起自己 16 岁的时候，正是最无忧无虑的花季，有理想、有激情，觉得生活正在眼前慢慢展开。可是眼前这个女孩儿，却已为人妻、为人母，担负起养育后代的责任了。

渐渐地，李媛了解到，当地长期贫穷，村里人也想致富，但是苦于没有文化，看不懂说明书，不懂得种子发苗应施什么肥，怎么施，牲口病了也没办法治。政府也曾定期安排一些技术培训课，但是当地人听不懂普通话，不知道技术员在说些什么。这些，都让李媛对"知识改变命运"有了更深刻的理解。

在李媛还没到百色工作的时候，她的母校广东教育学院就曾有在贫困山区建立女童班的想法。来这里之前，李媛就想一定要多走一些地方，把真正的情况反馈给学校。当她把根据当地情况整理出来的资料送回母校时，领导立刻决定，在当地办一所女童班。

2004年9月8日，广东教育学院在广西百色隆林各族自治县者浪乡幺窝村开办了一个"春蕾女童班"，使45名失学的苗族学生重返学校读书。

女童班开班时，一位老教师端着一碗酒对李媛说："教书将近30年了，从来没见过一个班上有这么多女生，一看到学生辍学就很伤心，我一直希望在这里能有个女童班，想不到你们在这么短的时间内

在李媛的帮助下，当地女孩接受好心人的资助，重返校园。

就帮我实现了多年的心愿，我不知道怎么感谢，敬你一碗酒吧！"

除了这些，李媛还经常帮助当地贫困学生与社会爱心人士牵线搭桥，听了她饱含深情的对当地情况的汇报演讲，广东教育学院的林炜老师一人就资助了 12 名当地学生，贺握权老师一人资助了 11 名学生。在她的细致工作下，2003 年、2004 年、2005 年这三年每年教育学院都会派志愿者到四塘镇，每年都资助近 100 名学生，国家实施"两免一补"以后，他们每年还为当地捐赠大量图书和教学物资。

离开百色后，李媛和母校的老师经常一起把助学款和各界捐赠的助学物资送过去，她说："感觉就像回家一样。"

而当地的人们，也早已把这位瘦小的广东女孩儿当成了亲人。一位苗族大妈亲手为李媛做了一套苗族服饰，这种服装在当地是不能卖的，只能赠给最尊贵的人，她说："你就像我的女儿一样。"有一年春节前，李媛即将踏上回家的旅途时，突然接到一个电话，说村里的同学们每人拿了点儿腊肉要我带回广州给资助他们读书的好心人。李媛赶过去一看才知道，孩子们带的腊肉足足有五大箱，300 多斤重！当来自上百个家庭、上百个妈妈亲手做出来的这些东西摆在她的面前时，李媛感动得说不出话来。"这是一种福气，这福气是求不来的。"每当想起这一幕，李媛的心还是久久不能平静。直到现在，每年芒果成熟时，李媛还时常收到当地人寄来的一箱箱香甜的芒果。

## 爱上百色

刚来到百色的时候，李媛觉得很不适应。首先是语言障碍，当地的语言有桂柳话、壮话、土话、百色土白话等，李媛完全听不懂，沟通困难给她带来了深深的孤独感。其次，李媛是个性格开朗、爱热闹的姑娘，可在这里，她没有朋友，没有电视看，更别说上网了。晚上停电的时候，她就望着蜡烛发呆，有时会拿出相册翻一翻。

从小在城市长大的李媛从没经历过乡村的生活，刚去的时候，她的宿舍被安排在一处小平房，外面养了鸡、鸭、牛，还有小猫小狗跑来跑去，这让她觉得很新鲜。可是一住下去就害怕了，这里的夜晚寂静得能听见门板上蛀虫咬木头的声音。因为没有浴室，李媛就在厨房里面冲凉，每次总能见到几只癞蛤蟆跳出来和她一起冲凉，晚上，它们还会成群结队地窝在李媛的鞋里睡觉。

除了生活上的困难，繁忙的工作是李媛要面对的另一个巨大挑战。四塘文化宣传站只有站长和李媛两个人，李媛负责宣传站的日常工作，如打扫卫生、收发资料等。农民有什么问题，学生或家长有什么问题也喜欢来问这个大学生，她总是热情接待，热心解答，不懂的话，她就求助于母校的老师。除宣传站的工作，李媛还参与了"百色水利枢纽工程"，拉电线、接水管这些活儿她都干过。在民政局帮忙办结婚证、离婚证这样的活儿她也干过。除了计生办没有去过，镇上的其他部门，如城建办、土地办、团委等单位，李媛都参与过工作。这些经历大大锻炼了李媛的能力，她几乎成了百色"百事通"。"现在我连闭路电视也会修。"李媛一脸得意地说。

经历了最初的忙乱与不适，李媛发现自己渐渐爱上了这里。"到我这里来吃水果吧，甜到你心里！"说起百色的水果，李媛的眼睛像月牙一样盛满了笑。

百色河谷地带是国家重要的反季节蔬菜基地、全国有名的亚热带水果基地。水果成熟的季节里,李媛和当地人一起爬树摘龙眼,舔荔枝蜜。荔枝熟透了,蜜汁破皮而出,招摇着,挑动着你的心。汁液垂下来,像珍珠一样晶莹剔透,像露珠一样明亮生动,欲滴又止。伸出舌头,舌尖触及,珍珠滚落,又啪地一下绽开了,甜蜜就在心里漾开、漾开。

　　胡适先生曾说,你对人生赋予什么意义,它就有什么意义。

　　如果你问李媛,来到百色的意义,这位广东姑娘会陶醉地告诉你:当每天清晨推开房门,龙眼、荔枝、芒果散发的清香扑鼻而来时,闭上眼睛,深呼吸……你会觉得,生活就这样打开了。

# 扎根木垒的许晓艳：
## 新疆,靠近你,温暖我

"我已经连续吃了八顿牛筋面,他们都咋舌惊叹,劝我不要这么沉迷于这种没有多少营养、常吃对身体不好的食物。可是,爱着的人,都是聋的盲的,听不见也听不进别人的话。当初我终于决定要重回木垒,他们都惋惜不已,他们觉得木垒是那么远、我是那么傻。可是,你知道的,我仍然爱着木垒,仍然惦着牛筋面。于是,现在,我坐在这里,幸福地吃着我的牛筋面。假装,已经忘记当日选择的煎熬与疼痛……"

翻开日记,一句句读罢,文字散发出浓浓的热情,文字透露着执拗的倔劲,文字流淌出青春般鲜活的色彩,文字背后的那个姑娘,她叫许晓艳。

## 我与新疆有个约会

如今已是而立之年的许晓艳,是地地道道的山东姑娘。2005 年青岛农业大学毕业那年,一个决定改变了她脚下的路。和其他大学生一样,投递简历、参加一轮轮的笔试和面试,许晓艳获得了青岛市《交

131

许晓艳和农民工子女在一起。

通与运输》杂志、青岛砺智学校、北京"司晶学堂"编辑部的稳定职位，她还曾考上淄博市公安局公务员。可是，后来这些家人和朋友看好的工作都被她婉拒，因为她决定开始一场看似孤独的"旅程"。

由于在大学期间阅读了大量关于中国地理方面的书籍和杂志，许晓艳的脑海里描绘着如梦如画的中国西部山河图景。许晓艳在自己的随感《新疆，等我》中写道："穿越层层风沙、片片丛林，我已把心底最柔软的那个角落，留给了另一个地方。"正是毕业那年，山东姑娘报名参加了大学生志愿服务西部计划，从此她与新疆开启了一场长长久久的"约会"。

在通往新疆维吾尔自治区昌吉回族自治州木垒县的火车上，激动的许晓艳一夜未合眼，她趴在床边看着乌黑的窗外一道道划过的灯光，想象着让她魂牵梦绕的地方，生命顿时仿佛闪着金光，身体里似乎爆发出无尽的能量。在后来的日记中，她这么写道："生命轮回，我是愿意相信轮回的。我相信，在生命的某一次轮回里，在时间的某个点上，我是属于新疆的。否则，对新疆这份莫名的亲切难言的情愫从何而来？"

来到新疆的第一年，她努力在较短时间里适应好每一个新环境，努力近乎完美地完成各项工作，这一年间，她先后担任照壁山乡远程专干、西吉尔镇远程专干、宣传文化站副站长、团镇委书记、西吉尔中学计算机教师。在工作的每一天，她无不被朴实的木垒县老百姓感

许晓艳和哈萨克族孩子们在一起。

动,无不被他们的真诚所融化。

在工作中她竭尽所能帮助了很多的孩子,给予他们读书的机会,给他们创造更好的生活环境。这其中有一位年轻的母亲,在她家过年能杀一只鸡都是一件无比奢侈的事,得知许晓艳要下村走访,那位妈妈头一天就用东拼西凑的钱去集市买了一只鸡,烧好盛出两碗,一碗留给上学的两个娃当作一周的伙食,另一碗她连筷子都没敢动,小心翼翼放在碗柜里留给许晓艳。当许晓艳眼眶噙着泪笑着吃下一块鸡肉的时候,那位妈妈与她深情久久相拥。许晓艳在那天的日记中这么写道:趁年轻,我们就该多做一些纯粹的事情,让每一张贫苦的脸庞都能绽放出会心的微笑,就为这,我爱木垒。

每一位志愿者在服务期满,都需要用人单位填写一份服务鉴定书。在新疆的工作结束时,许晓艳的服务鉴定书上填写的不单单是简单肯定的几个字,西吉尔镇以党委、政府双重盖章的形式对她的西部志愿服务工作给予高度肯定,这让许晓艳再一次感动,双手合十一遍遍感谢村民,在日记中她这么说:谢谢你们肯定我、认可我、理解我的工作,包容我。我爱你们。

## 舍不得父母,也放不下新疆

从木垒回来之后的许晓艳很长一段时间都没有办法恢复内心的平静,夜晚,她坐在灯下写着日记,回味十字路口那家凉皮店牛筋面的味道,回想彻骨寒冷的屋外与孩子们打雪仗的惬意。她说不出木垒到底比生她养她的家乡好在哪里,但不得不承认的是她忘不掉那片土地。

　　父母亲找她深谈过几次，劝她安稳找个工作。考虑到父母亲年纪越来越大，许晓艳明白自己只有努力工作，踏实生活，才能让父母亲安心。

　　就在那个月，她参加了淄博市广电局的招考，以第一名的成绩成为了广电系统的一员。和她在木垒时一样，许晓艳凭借踏实肯干认真的态度赢得了领导的欣赏与赞许，先后两年被评为广电先进工作者，并承担起重要领导人视察时的接待讲解工作。

　　工作之后许晓艳没有放弃写作，每一篇都饱含着对木垒挥之不去的思念。《想念新疆》《我想那些孩子》《木垒，木垒》……一篇篇文章

许晓艳（后排中）和志愿者们在一起。

就像一封封情书，诉说着她对木垒浓浓的恋，深深的情。

2010年3月，许晓艳得到了父母的支持，最终放弃了常人看来光鲜的工作，离开家乡，离开父母，选择了一条少有人走的路：回到木垒，扎根木垒。这个决心做出的一刹那，许晓艳内心集聚了多年的愁云一下子全散开了。每个人的存在都带着使命，她的使命就是为新疆人民做贡献，无怨无悔。

## 新疆，我比想象中更爱你

又一次坐上从济南到乌鲁木齐的列车，木垒的一切如过电影一般在她眼前刷刷闪过，她激动又彷徨，"离家自是寻常事，报国惭无尺寸功"，想到这句诗，规划未来的路，她倍感压力。再次回到熟悉的木垒，许晓艳先在党办信息科工作，这与之前的工作不同，她几乎从零开始学习。上报信息，参与制订、修改文件，撰写各项会议材料，看似都是一件件琐碎的小事，她从不敢懈怠。勤学多问，严格要求自己，全身心投入这份工作中。

一年内上报信息797条，被采用182条；参与修改、校对了约110万字的文件材料；在各地报纸杂志发表《牛筋面》《木垒的春天》等散文稿、新闻稿数十篇；多次代表州、县参加各类文艺演讲比赛，获得名次。在工作上，许晓艳的个人能力得到飞跃提高，因表现出色，回到木垒仅一年就被组织推荐到白杨河乡任党委委员、组织干事。

这之后的工作更加忙碌，每天不是奔波在各个村之间，就是淹没在乡镇琐碎的政务工作中，她认真配合乡镇领导抓好基层党建工作，全程参与乡党委、政府、人大等换届工作，她负责的党建、信息等工作都取得了长足进步，堆积如山的文件材料被她分类归纳，每日的报刊她都做到条条梳理。这种忙碌在她看来慢慢地变成一种习惯，看似平凡的事能够做到尽善尽美，谁说不是一种成功。身边朋友不乏有人质疑她的路会不会越走越窄，眼界越来越小，她在2013年"西部十周年巡回报告会"上这么说：这也许是场孤独的旅行，路上少不了质疑和嘲笑。那又怎样？哪怕遍体鳞伤，也要笑得漂亮。

2013年9月，许晓艳担任新疆昌吉回族自治州木垒县新户乡党委副书记，主持政府工作。2014年3月在新户乡人代会上，她全票当选为乡长。她很惊讶，自己一个年轻小辈，资历浅，且做的都是琐碎的小事，怎么能够全票通过呢？孤身一人的她告别父老乡亲，从山东一路往西到新疆，真心实意把身边的人们当亲人，于是，他们也把她当成亲人。每一票都是乡亲们对她多年基层工作的认可，沉甸甸的每一票让许晓艳在入职演说上热泪盈眶，几度哽咽。

回想再次踏上木垒土地将自己青春奉献于此的这四年，从白杨河乡党委委员、组织干事到木垒县政府任党总支副书记、办公室副主任，再调任木垒县新户乡党委副书记，到如今的木垒县新户乡党委副书记、乡长，一步步走来，许晓艳服从组织的每一次安排，尽心做好手头的每一件小事。

基层工作最不好做，老百姓不理解政府的举措，许晓艳就一点点通俗地解释给老百姓听，她说：通俗一点，基层工作就是为老百姓服务，让他们体会到公平，处处维护他们的利益，站在他们的角度上撰写文件材料，全心全意从他们的角度出发。这么多年，她从来不放过任何一次和老百姓接触的机会，走村入户，访贫问苦，一点点走进老

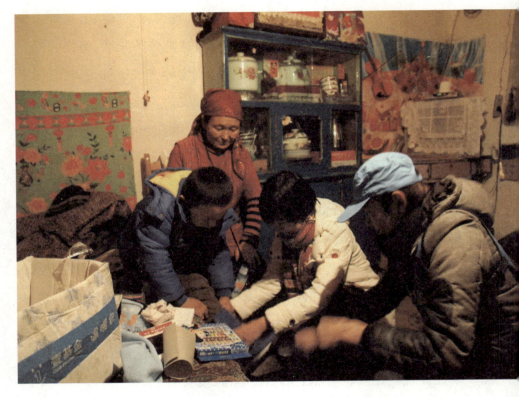

许晓艳（右二）为木垒县孤儿发放温暖包。

百姓的内心，解决他们的实际问题。晓艳答应老百姓："我会像他们努力把选票上的圆圈画得圆满一样，努力把他们希望我做的工作做得圆满。"

## 你们都是我的亲人

在许晓艳服务新疆的第一年，她担任过西吉尔镇远程专干，这是一份令她现在想来都充满挑战的工作。所谓"远程专干"就是教那些对电脑没有概念,对网络更没有了解的村干部们使用电脑。这是一件非常困难的事。一是要一遍遍和他们介绍互联网在办公中的重要性,另一方面,要手把手告诉他们什么是电脑,什么是鼠标,单击与双击的区别……看到木垒县偏远村庄的村干部们学会怎么开机,怎么打字的朴实幸福的笑容,许晓艳觉得这就是莫大的满足感。

多少次许晓艳在工作结束已经筋疲力尽的时候,仍然心系木垒县的孤儿。他们是一群天真烂漫的儿童,却早早失去了父母,许晓艳的心里放不下他们,积极组织各项捐款和爱心助学,在各村开展互帮互助的活动,带领干部一起为木垒县孤儿发放"壹基金"爱心温暖包。

在她当志愿者的那一年,许晓艳曾主动进行全镇贫困学生摸底调查,并在此基础上成立了"网罗阳光"爱心组织,为镇上的 6 名贫困学生争取到了长期的救助。在这之后的每一个寒冬时节,她挨家挨户为贫困儿童们发放围巾手套。她将来自全国各地的捐赠衣物和图书整理分类,给不同年龄段的孩子们送去;对于成绩不好的学生,利用周末,她和朋友们一起办起了义务辅导班;看到贫困家庭的房屋破损,她着急地夜不能寐,第二天到处张罗,帮着筹钱为他们盖新屋。

她的心愿只有一个,那就是帮助木垒的老百姓,贴近他们的生活,温暖他们,让大家都生活在一个充满阳光和希望的地方,也正如许晓艳所说:"因为帮助他们,我的人生也变得更加丰满更加有意义"。

这些年一路走来,她除了收获了满满的乡情,也收获了一份爱情。许晓艳的爱人和她一样曾是西部志愿者,两人在 2006 年相识,经过了四年的相处,他们的价值观和人生观越发统一,正是服务西部计划让他们走到一起,更加珍惜彼此。2010 年,他们携手走入婚姻殿堂,如今他们一起扎根在新疆,从此将家安在了祖国的西部。

现在的许晓艳是人们口中的"艳妈",当被家乡的朋友们问起新疆生活是否辛苦的时候,她自豪地说:"我选择了一条少有人走的路,自然也看到了大多数人看不到的风景,正是这份选择,让我拥有了别样的精彩人生,我无怨无悔地爱着木垒,爱着木垒的我的亲人们……"

# 民间剪纸艺术家景钢：
## 让艺术之花盛开在天山脚下

"巴里坤大草原真美,夏天能看到天山上的雪线,一望无际的绿色宛若一片魔毯。有牛羊在草地上悠闲地吃草,白云在空中变幻出各种美妙的图案。"在山东小伙景钢的心里,大自然是最伟大的艺术家,这天山脚下的美景正是它美妙绝伦的作品。10 年前,他离开家乡远赴新疆,见到了最巍峨的雪山、最壮美的草原、最多彩的民族、最质朴的生活,他舒展身心,努力张开每一个毛孔,吸收这片热土给予他最无私的馈赠,从此,开启了他的艺术创作之门。

### "与哈密一辈子待在一起好啦!"

自小就酷爱剪纸艺术的景钢,19 岁时就成为中国民间剪纸研究会会员。2001 年,他考取了山东理工大学的美术学院,师从唐秀玲、吴国良、孙敬、齐永新诸教授,学习国画艺术,与此同时,他的剪纸技艺也在不断提升。

2005 年临近毕业,一个偶然的机会,景钢在学校宣传栏中看到了

景钢

前往新疆就业的海报，他一下就被新疆的辽阔壮美和异域风情所吸引，萌发了前往新疆的想法。"新疆的人文自然对我充满吸引力，辽阔的草原、奔驰的骏马、热情的民族、绚丽的色彩，到西部去、到新疆去的想法特别强烈。"

景钢来到新疆的第一站是巴里坤奎苏镇。巴里坤是哈萨克族自治县，这里有着绝美的自然风光和热情好客的哈萨克族人民。巴里坤浑然天成的美，留给景钢多少丰厚的人文滋养，或许他自己也无法说得清,那份天高地阔的壮美与悠远,早已成为他心灵底片的一部分。

然而,赋予景钢最多艺术灵感的,除了巴里坤的美景,更多的是巴里坤人留在景钢内心永远的温情。

巴里坤的夏天魔幻绚烂,美到极致,而这里的冬天白雪皑皑,也冷到极致, 零下 42 摄氏度的气温让呼出的气瞬间成为一缕白色的冷烟,人们出门一会儿眉毛就挂了一层霜,这让在山东长大的景钢有些招架不住。一天,景钢在一个简陋的网吧查找资料,不到半个小时,手就冻得发麻,景钢哈着气踩着咯吱咯吱的雪向宿舍走去,迎面遇到主任抱着一床暖被,主任说:"这几天是哈密最冷的时候,加一床被子吧,你是口里来的,可能不适应这里的寒冷,有什么不方便的你一定来找我。"

这样细碎的温情如巴里坤春天的小草, 密密地铺满了景钢的心底。他记得,第一次在新疆吃汤饺,是在冬至那一天,在一位新疆大叔家,大叔说:"冬至饺子夏至面,你的家不在这里,就把我这里当成自己的家好了,以后要常来。"

来新疆的第一个冬天的寒冷, 就这样慢慢消融在哈密人的热情中,而归属感也在点点滴滴的温暖中落地生根。景钢听到心里隐隐有一个声音在说:就这样吧,与哈密一辈子待在一起好啦!

## 小剪纸的大用处

景钢喜欢剪纸,也喜欢画画,在奎苏镇时,他与几个朋友一起开设了一个公益学堂——"蒲艺学堂", 每个人利用自己的特长教授孩子们。景钢拿起剪刀和纸,与孩子们一起在艺术的世界里游弋。孩子们的童真与认真感染着他,他在孩子们纯洁的笑容和纯净的眼眸中找到了成就感,做一名剪纸老师的念头开始在他脑海中慢慢清晰起来。

景钢的剪纸作品《哈密木卡姆》

景钢的剪纸作品《麦西来甫》

一年后,景钢报考了哈密地区的"特岗教师"职位,并顺利通过。从此,他成为哈密市第四中学一位美术老师。哈密市第四中学是哈密地区最大的中学,景钢担任美术教师后,学校增设了剪纸课。教什么?怎么教?景钢开始了探索与实验。后来,他尝试教授"无稿剪纸"。顾名思义,"无稿剪纸"就是不用画稿,教学生一个形象,直接在纸上剪出,体现每一个学生不同的想象力和创造力。几年时间,景钢教授了6000多名学生,在哈密市掀起学习中国传统剪纸艺术的热潮。他的学生有的也当起了"剪纸老师",开始教授更多的孩子。

有一次,巴里坤团县委开展"八荣八耻"教育活动,看到很多农牧民群众文化程度较低，对教育内容难以理解，景钢就来到农牧民家中，拿着他的"八荣八耻"剪纸作品向他们宣讲。看到鲜艳美丽的剪纸画，听着景钢生动形象的讲解，大家很快了解和熟记了"八荣八耻"的内容。

　　巴里坤属哈萨克族自治县，景钢一有空就到附近的哈萨克族朋友家中，向他们请教当地的民族风俗。一次，在朋友家中做客时，他听说了一位哈萨克族妈妈古丽阿依佳收养汉族孤儿赵文静的故事。景钢深受感动，他来到学校，见到了 9 岁的小文静，当时她正啃着一个

景钢的剪纸作品《十二木卡姆》

景钢在创作中。

冰冷的馍馍，小脸被风吹得又红又皲。学校与她的哈萨克族妈妈家离得很远，小小年纪的她只得住校，自己照顾自己。景钢与她聊了起来，提出想去她的哈萨克族妈妈家看看。周末，在小文静的带领下，景钢来到古丽阿依佳的家。他们一家人住在一个很简陋小平房中，古丽阿伊佳已经有了三个孩子，过得并不富裕，但是她依然将赵文静当作自己亲生的女儿一样看待。这让景钢十分感动，也真切感受到了民族团结、血浓于水的真情。回来后，景钢创作了12幅剪纸连环画讲述了这个故事,并发表在 2006 年 5 月的《哈密报》上,人民网也进行了图片报道。媒体报道后,赵文静得到了当地政府以及众多好心人的帮助,这让景钢认识到了小剪纸的大用处,更让他感受到用自己的一技之长帮助别人的快乐。

## 新疆是我的艺术之源

打开电脑,登陆景钢的空间,里面储存了他近年来的许多作品,有单幅作品,也有表现同一主题的多幅作品。它们或灵动或隽永,自有一种雅致的气息。景钢说,来新疆之前,他剪纸的取材多源自民间传说或者书中的故事,如《梁祝》《十二金钗》《虞美人》等,表现的是一些花花草草,才子佳人。来新疆后,真实生活的热烈冲击远远超过那些盘桓在脑际的想象,"我的作品开始踏入生活,有了生活的气息"。以前,他是飘在空中的云,现在,他是落地生根的树,在新疆,他找到了自己的艺术之源。

在对剪纸艺术不懈的追求中,景钢创作了大量反映新疆各民族生活场景的作品。在

景钢在课堂上教孩子们剪纸。

147

巴里坤工作时,他对农牧民的生活产生了极大的兴趣,根据农牧民日常生活中的赶集场景,他创作了剪纸作品《赶集》。在小小一方剪纸中,生动地刻画出新疆各民族朋友快乐融洽的生活图景, 这幅作品发表在 2006 年 1 月 8 日的《人民日报》上。

除此之外, 他还创作了如《麦西来甫》《十二木卡姆》《哈密木卡姆》等充满着民族风情的作品。这些作品叙事的流畅和对民族风情把握的精准,让人很难想象作者是一个刚来新疆几年的年轻艺术家。在景钢心中,这片土地的热与力是如此博大和深沉,在他的生命中留下了如此厚重的影响。他与新疆已经在生命深处融为一体。

10年来, 天山东端这片古老土地上特有的文化与历史强烈吸引着这位异乡人,稍有空闲,他就前去拜访熟知当地历史文化、风土人情的文化人士,还拜当地著名的艺术家胡正彬为师。如今,多数当地人都叫不上名字的古老乐器他都能够如数家珍。

景钢的国画作品也在向新疆致敬,从扇面雪莲的创作到以沙枣树为题材的一系列创作,都凝聚着他来到新疆这片艺术富矿后的所思所感。

有一个细节让景钢永远无法忘怀。那一年,他的作品《沙枣》入选新疆第二届中国画作品展,在一次研讨会上,两位前辈针对他的作品展开讨论,一位说,景钢画的沙枣不对,没有把沙枣上的刺画出来,另一位争辩说,沙枣就是这样的。二人谁也说服不了谁。之后的某一天,在一次艺术家的座谈会中,这两位中的一位老师走到景钢跟前说:"我又仔细地去看了一下沙枣树,开花的沙枣树有刺,而结了果实的沙枣树没刺,你画的是结果实的沙枣树,没刺是对的。"这件事给景钢很大的震撼:"艺术家前辈们的认真与无私太让我感动了,沙枣树并非是他们的创作专攻，而他们竟然能为一个不相干的后生小辈专门跑到沙枣的生长地研究，我如果不好好努力，又怎么能对得起这么多热忱帮助我的人呢？"

在新疆这片广袤的土地上，景钢的艺术才思源源不绝。他的剪纸作品屡屡被刊登在国家级大型媒体上，获奖无数；他的国画作品受邀参加各种美展；他被评为"哈密十大青年文化人"。几年来，他在《人民日报》《美术观察》《美术报》《中国书画报》《新疆日报》等报刊上共发表美术作品 700 余幅，发表论文、散文 100 余篇，参与编撰著作 2 部……

现在的景钢，已经在哈密安家，娶了一位美丽的新疆姑娘，成为一个忙碌并幸福着的爸爸。未来，他还将在新疆这片天然的大画布上继续泼墨挥毫，努力描绘那天山的雪、哈密瓜的香、巴里坤的白云，还有牧民家拉条子的美味……